《湘潭文史》第28辑

吴熙联语笺注

[清]吴熙◎著
刘安定◎笺注

湘潭大学出版社

图书在版编目（CIP）数据

吴熙联语笺注 /（清）吴熙著 ；刘安定笺注．-- 湘潭 ：湘潭大学出版社，2022.8
ISBN 978-7-5687-0839-5

Ⅰ．①吴… Ⅱ．①吴… ②刘… Ⅲ．①对联－作品集－中国－清后期 Ⅳ．①I269.6

中国版本图书馆 CIP 数据核字（2022）第 142303 号

吴熙联语笺注

WU XI LIANYU JIANZHU

［清］吴熙 **著** 刘安定 **笺注**

责任编辑：李志红
封面设计：李 平
出版发行：湘潭大学出版社
社 址：湖南省湘潭大学工程训练大楼
电 话：0731-58298960 0731-58298966（传真）
邮 编：411105
网 址：http://press.xtu.edu.cn/
印 刷：长沙印通印刷有限公司
经 销：湖南省新华书店
开 本：710 mm×1000 mm 1/16
印 张：26.5
字 数：309 千字
版 次：2022年8月第1版
印 次：2023年1月第1次印刷
书 号：ISBN 978-7-5687-0839-5
定 价：78.00 元

以史资政　以联载道

——擦亮湘潭“中国联城”金字招牌

（序一）

湘潭自古人杰地灵，人文荟萃，其历史文化底蕴深厚，历来有崇文尚艺的优良传统。湘潭既是湖湘学派源头，也曾是中国楹联文化史上的一座高峰。湘潭联家及其作品如星辰灿烂，光彩夺目。湘潭、湘乡曾涌现出曾国藩、左宗棠、王闿运、吴熙、杨度、张龄、齐白石等楹联大师，尤其是湘军统帅曾国藩、一代文宗王闿运、楹联大家吴熙、旷代逸才杨度四位，更是我国楹联史上公认的泰斗级大师。近代时段，曾国藩的《求阙斋联语》、左宗棠的《左文襄公联语》、王闿运的《湘绮楼联语》、吴熙的《绮霞江馆联语偶存、续存》等联家著作为学界所推重，不同凡响。

吴熙作为晚清民国期间的大联家，尽管近世联家无不对其推崇备至，联集联话选辑他也是必选之人，但是，他的专集却一直没有再被专门出版过。在湘潭市创建中国楹联文化城市期间，我从网上搜索购得过吴熙的《绮霞江馆联语偶存》（照片电子版），虽爱不释手，但由于是繁体字本，又用典多，照片亦不清晰，很难窥其联集全貌。只能在各种选本中零星知悉他脍炙人口的名联。吴熙的联语，除了民国年间其弟子出版过他的《绮霞江馆联语偶存》《绮霞江馆联语续存》《绮霞江馆联语再续存》，三种合为二卷外，再无结集。这三种联集目前只有图书馆有藏，而曾国藩、左宗棠、王闿运、杨度等人的联作被各家出版者、选辑者一版再版。所以，为吴熙出版联集是一件极为重要的事情。湘潭，作为“中国楹联文化城市”，作为吴熙的家乡，为吴熙出联集，不仅仅是挖掘本土文化，更是为弘扬中华优秀传统文化作贡献。

此事引起了湘潭市政协领导的高度重视。在听取了市政协委员、文史委副主任刘安定先生《弘扬湖湘学派特色，擦亮湘潭文化名片》的政协大会发言后，政协文史委就着手将整理、出版湘潭历史文献，发掘湘潭本土文化的工作提上议事日程。而安定先生作为湘潭市联协荣誉副主席，在受托编撰《湘潭古联集萃》时，就曾提出整理笺注出版吴熙联语的建议。市政协慧眼识珠，当即立项。前不久，安定先生将整理完成的《吴熙联语笺注》一书样稿送给我，我读来如获至宝，连连称赞。

《吴熙联语笺注》一书具有如下特点：一是清晰地向世人介绍了吴熙的人生脉络，二是全面地罗列了吴熙的存世联作散本，三是准确地评价了吴熙的联语特色，四是详细地笺注了吴熙联语中一些在现代语境下难以理解的用典用词。总之，这是一件还吴熙在中华联坛之重要地位的奠基工作，是一本楹联与历史深度交融、创作与欣赏完美嵌合的重要图书。读来滋味很好，请诸君慢慢细品。

壬寅金秋，吴熙曾经主讲过的昭潭书院，作为湖南科技大学之文脉所在，修葺一新，恢复招生，其学生食堂亦被命名为“昭潭食府”。学校方邀我为其题联，我就推荐用吴熙当年题昭潭书院学堂饭厅联：

今试思世变何如哉，横流沧海，频起大风波，河山带砺是谁家，愿诸生尝胆卧薪，每饭不忘天下事；

士多为境遇所累耳，咬得菜根，才算奇男子，将相王侯宁有种，看前哲断齑画粥，读书全靠秀才时。

这实在是昭潭食府最为恰当的也最难得的一副佳联。从一副食堂联，我们看得出吴熙对学生倡导的是：尝胆卧薪、断齑画粥、格物致知、修身齐家、不忘天下的志向与担当。但由于文字太多，门柱不高而放在了厅堂中柱上，主事者要求我为其大门另作了一副短联：

昭彰其节俭，味美不忘辛苦事；

潭奥之峥嵘，身强多靠进餐时。

随着《吴熙联语笺注》的出版，湘潭楹联也将再一次为世人所瞩目。必将促进学界对楹联史的进一步研究，必将激发楹联作者们对楹联创作的热情。“文化是一个国家、一个民族的灵魂。”众所周知，真善美是中国文化的精髓，楹联是中华优秀传统文化的重要组成之一。楹联具有如下特点：一是融合基础性、全民性、实用性于一体的文学艺术，二是独具使用至广、形式至简、内容至正的文艺特征，三是追求真为根本、善为灵魂、美为手段的创作倾向。我相信楹联一定会成为这个时代的文学标志性代表。是为序！

张绪军

2022年9月19日

（张绪军，中国楹联学会理事、湖南省楹联家协会副主席、湘潭市楹联家协会主席。）

吴熙和他的联语

（序二）

吴熙（1841—1922），字劭之，谱名孝熙，号绮霞江馆主人，后改名嘉遁。《花石吴氏六修族谱》载：“敕授修职郎，由县学廪生考取光绪五年己卯科优贡，朝考一等第五名引见，奉旨以知县用，呈请改就教职，兼袭云骑尉世职，主讲衡州府船山书院及本县昭潭书院，道光二十一年辛丑四月初一日午时生。室罗，子二、女一。”

吴熙生平

吴熙祖籍江西永新，先世自永新迁湖南衡州，迁潭始祖吴添和（1367—1426），明国子监生，明永乐二年（1404）由衡山县吴集丰乐里迁居湘潭花石龙潭冲，遂繁衍湘潭花石吴氏一支。乾隆年间建祠堂于涓水河畔（即今之留田红卫村小学校址）。吴熙是这支吴氏的第十六代后裔。

吴熙之祖父吴淞（1767—1844），谱名盛淞，字半江，是个饱学之士。早食廪饩，历官澧州石门县、衡州府衡阳县、安仁县教谕，永州府永明县、常德府武陵县、宝庆府新化县训导，宝庆府教授，主讲河南唐县、广西平乐府及本省攸县、酃县各书院。

晚年安家于城东，种花读书，日有常课。如有客人来，诸子侍立门庭内，不闻喧哗之声，时人皆重其家风。吴熙为祖父辑有《小山山房诗存》二卷存世，其题跋称："先大父亦官亦幕，晚年以种花度曲自娱，寿至七十有八。"《湘雅摭残》收有吴淞诗三首，其《冬至日黎樾乔邀同人于忏心寺作消寒会》："连朝小病搅维摩，喜向东林醉叵罗。到此猿心收半偈，何人驴背放高歌。空山叶落消寒早，绮语情痴破戒多。尽日木鱼敲不醉，诵经惭愧老头陀。"淡逸有致，不落恒蹊。

吴熙之父吴棠（1796—1853），谱名道棠，字芝桥，也是一位饱学之士。清道光二年（1822）乡试中举，十二年（1832）考取景山教习，十七年（1837）以知县用，改教职，二十一年（1841）选授耒阳教谕。咸丰三年（1853）署安仁训导，因太平军攻城，被执而殉难。同治九年（1870），御史张沄以衡阳魏承柷与吴棠之死事，疏请自行捐资建祠，报可。光绪二年（1876），奉旨赠国子监学录衔，并给云骑尉世职。吴棠也是一位著名的诗人，有《只且园诗存》二卷流传至今。其《潭州竹枝词》在湘潭广为传诵，如"山川灵气绕纵横，一邑醇风乐太平。如此名区能有几，被人呼作小南京。""风流妙剧话情长，艳态娇容雅擅场。一串歌喉声婉转，有人台下掷槟榔。"这些诗至今仍常被人提及。

吴熙出生于湘潭县城内洗脚桥北侧。受业于谭光第［咸丰元年（1851）孝廉方正］门下，从游三年。师门多高足，吴熙年最幼，却被谭光第刮目相看，经常拿吴熙的作文对人说："此子翰苑才也！"

后因家道中落，吴熙于咸丰八年（1858）迁居碧稼塘（即今湘潭县郭家桥合龙村碧稼组）。此处原有祖田一百亩，后转卖了一部分。吴熙之祖父母、父母逝世后，均葬于笔架山麓，离此处约二十华里。咸丰十年（1860），吴熙娶妻罗氏，夫妇在郭家桥居住十六年，并在此以设馆授徒为业。同治十三年（1874）返回县城，因无固定住所，先后在赵子孚（举人）、王季章（举人）、陆承宗（进士）等家寓居，颠沛流离达三十八年之久。他曾在陶澍后人家坐馆四年，还曾授课船山书院，主讲湘潭昭潭书院、长沙思贤讲舍等学府。

光绪五年（1879）拔优贡生。拔优贡生是指在清朝科举中，挑选府、州、县生员（秀才）中成绩或资格优异者，升入京师的国子监读书，称为贡生。意谓以人才贡献给皇帝。但吴熙在第二年朝考时却落第了。光绪七年（1881），入左宗棠幕府，任书记。因浙人阴谗，被左宗棠误会而去职。

吴熙先后游历京、津、鄂、赣、江、浙等地，阅历颇广，而自伤贫蹇，所以于光绪十七年（1891）后易名嘉遁，表达隐逸之意。辛亥革命之后，回归梓里（郭家桥碧稼塘），民国十一年（1922）卒于乡，终年82岁。

吴熙著述

吴熙是清末著名联家，以联语名世，其作品集《绮霞江馆联语偶存》清宣统二年（1910）长沙刻本，由其湘乡门人彭闿异整理刊行，《绮霞江馆联语续存》《绮霞江馆联语再续存》民国初刻本，由其门人许铭鼎、许铭彝、许铭常兄弟三人收集印行。总共收联245副，其中寺庙堂所联41副，寿联13副，挽联191副。这里特别提一下许铭彝，字笃斋，曾从王闿运、吴熙学。清光绪民国年间曾于长沙设谦善书局。杨钧《草堂之灵》称：“吾邑许笃斋，湘绮弟子也。治《三礼》有年，心思细刻，容止端正，俨然经师。湘绮笺启中所谓许生者，即此人也。”此人善考证，另编有古文、韵谱、春秋考、词作等，为湘潭文献作出过重要贡献。

吴熙虽然是一位影响极大的联家，可是除了《绮霞江馆联语偶存》《绮霞江馆联语续存》《绮霞江馆联语再续存》外，至今没有关于他的联语的任何公开出版物，不能不说是极大的遗憾。经检索湖南图书馆所藏古籍文献，他还有如下著述：

《考工记注》二卷，清光绪二十二年（1896）抄本。

《绮霞江馆友朋书札》（辑），稿本。

《绮霞江馆诗存》三卷，稿本。

《绮霞江馆联语偶存》，抄本。

《绮霞江馆联语抄》，抄本。

《绮霞阁古书摘钞》，抄本。

《即尔师室刘向说苑吕氏春秋摘钞》，吴熙录，清光绪三十年（1904）抄本。

《鄦学斋诸史札记》，抄本。

《鄦学斋公羊浅说》，抄本。

《鄦学斋穀梁札记》，抄本。

《鄦学斋礼记浅说》，抄本。

《鄦学斋周礼浅说》，抄本。

《绮霞江馆骈文》。

另外，还有《绮霞江馆日札》，稿本1册，藏湖南省社会科学院图书馆。

他的《绮霞江馆联语》一卷，还曾收入卢述度《六家联语合钞》，1933年长沙大伦昌铅印本，湖南图书馆有藏。

吴熙联语特色

杨钧《草堂之灵》称："吾邑吴劭之孝廉，名熙，记问淹博，无书不读，文章经学皆在王葵园、皮鹿门之上。王湘绮先生赞吴善出经题，每请其出题阅卷。葵园、鹿门，湘绮不信也。吴君无立锥地，子皆不肖。余尝笑曰：'以原宪之节操，处尧舜之家庭，圣贤生活，一生历尽。'所制联语，人极称之，已刊印行世。"

易宗夔《新世说》称："吴劭之博通经史，能为诗赋骈文，尤工挽章，湘人盛推之。"

杨钧和易宗夔均为湘潭名家，他们都不惜为吴熙作溢美之词，甚至说他的经学文章在名重一时的王先谦和皮锡瑞之上，可见吴熙治学，确实非同一般。易宗夔说吴熙最长于挽联，这也是事实。湘潭李渔叔在他的《鱼千里斋随笔》中也有联话记载：

联语于诗词外，别树一格，寥寥数语，含义极深，且须着语高华，上下匀称，殊不易为也。清代联语称盛，曾文正、左文襄、彭刚直皆能为佳联，稍后之王湘绮、李篁仙、吴劭芝辈，亦推作手。王李皆高，吴为联极负时名，下笔清丽，尤工挽词，人家有丧事，必以得吴联为荣。吊客至亦必询吴联到否？争以一睹为快，多每撰一首，顷刻传诵，乡里塾师，多摇首瞑目吟之，若有余味焉。以故后生群起慕效，流风余韵，至今勿衰。

李渔叔直接把吴熙和曾国藩、左宗棠、彭玉麟、王闿运、李寿蓉相提并论，并说当时若有人去世，时人皆以得吴熙挽联为荣，吊唁亡者的客人总是先询问吴熙的挽联到了没有。这种情形，在社会上形成了一种风气，让后辈争相效仿，传至如今。可见，吴熙对近代联语的兴盛和发展是有卓越贡献的。

吴熙的挽联最大的特色是感情真挚，叙事客观，极善于用典故，把自己对亡者的好恶褒贬不露痕迹地藏于字里行间，读来让人回味无穷。他与当时许多名流巨宦均有交往，他的挽联也客观地保存了一些难得一见的史料。

比如挽湘阴左文襄公联：

公曾期我作韩昌黎，奈谗间阴行，虽有释言难感悟；

天不许人为岳武穆，纵威棱远憺，终留遗恨与英雄。

这则联语还附有一段序文：

文襄开府两江，署中增设书记处，以予典司其事，指予顾座客言曰："此学人也，昔裴晋公用韩昌黎为记室，我今亦犹是矣。"居无何，有浙人谗予，文襄不能舒究，予龂龂争辩，而卒无以释其疑也。文襄大好边材，忠于谋国，虽有一二过举，天下共谅其无他。惜乎暮年精力衰耗，宵小得而乘之。其后台湾用兵，文襄督师至闽，一意主战，薨前一日犹欲往擒孤拔，催促帐下诸将出军。呜呼！志决身歼，其亦三呼渡河之遗恨也已。

这副联语与其说是挽联，不如说是一段真实的史料笔记。吴熙做过左宗棠的幕僚，在左幕中。一开始，左宗棠对吴熙十分器重，以裴度自比而以韩愈比吴熙。裴度讨淮西时，以韩愈为行军司马，而左宗棠任两江总督时以吴熙负责书记处，两者看上去极为相似。不过，后来他们之间发生了一件让吴熙极不高兴的事。有浙人说吴熙的坏话，左宗棠可能没有细察，导致吴熙去职，吴熙有过争辩，但左宗棠并没有给吴熙一个说法。吴熙心中五味杂陈，他既佩服左宗棠的才干能力，认定他是国家柱石之臣，又感激左宗棠对他前期的褒奖，"公曾期我作韩昌黎"。但左宗棠又毫不给自己留情面，听人谗言而处分了他，使他又心存芥蒂。“天不许人为岳武穆”，平心而论，相对朝廷来说，左宗棠的功绩比岳飞是不会差的。吴熙这种述说，是明显带有自己的情感，倒是让挽联增色，更具味道了。

再来读读吴熙挽王闿运之联：

文章不能与气数相争，时际末流，大名高寿皆为累；

人物总看轻宋唐以下，学成别派，霸才雄笔固无伦。

王闿运乃中国近代史上鼎鼎有名的学者与文人，比吴熙稍大几岁，两人皆身历清代和民国两朝，正是一个大变革大动荡的年代。王氏一生致力于帝王学之研究，其思想与时局潮流格格不入，故于政治上难有建树。上联以“大名高寿皆为累”作结，为其政治生涯作出评价，甚为恰当。下联评述其学术、文章，以“学成别派”“霸才雄笔固无伦”赞之，也使人信服。该联被公认为挽王联之冠，是因其持论有据，抑扬得度。

吴熙有一副传诵极广的自挽联：

平生惟有挽联多，想吴季子论定盖棺，当有几幅佳章，送来寓目；

此世已经穷饿死，非赵元帅亲自画押，许我百万财产，誓不投胎。

此联在《绮霞江馆联语》中失收，估计确为其临终自挽。作为挽联高手，平日名公巨卿多请其撰挽联。现在临到自己，想必没有这等风光了。今生受穷挨饿，这般煎熬实在令人痛苦，所以作一滑稽之语：下一辈子如果不是赵公元帅画押，就“誓不投胎”。酸楚、愤怒、无奈、豪迈、风趣、豁达种种情感汇聚笔端，堪称自挽联中佳构。

再来赏析一下吴熙的祠宇联，如《洞庭君祠》：

乌有先生好大言，问谁能吞尽云梦？想管领八百重湖，君其人矣；

龙迎神女为良匹，请更听空中玉笛，忽吹出三分明月，客亦仙乎。

洞庭君即神话传说柳毅传书中的柳毅。“乌有先生好大言”出自司马相如《天子游猎赋》。文中代表楚国的“子虚”和代表齐国的“乌有先生”各自吹嘘自己的国家。在子虚吹了楚国云梦泽的大之后，乌有先生说齐国更大，能“吞若云梦者八九于其胸中，曾不蒂芥。”上联说“吞尽云梦”不过是“乌有先生好大言”，而洞庭君是实实在在地能“管领八百重湖”的人，这种赞誉极为高雅别致。下联说柳毅与龙女的爱情，又转而写月夜空中之笛声，再转而至“客亦仙乎”，思路跳跃明快，不落俗套。此联在对仗方面，极为工整，如数字“八百”对“三分”，“乌”与“龙”的借对，“君其人矣”与“客亦仙乎”之对等；宽对如“谁能吞尽”与“更听空中”，不求句句精工，又不失对联之灵活变化。

吴熙的联语，是晚清和民国期间联语的高峰，是整个中国楹联史上一座丰碑。深入研究他的联语，将对中国的楹联文化产生非常大的作用。

刘安定谨识于庚子冬月

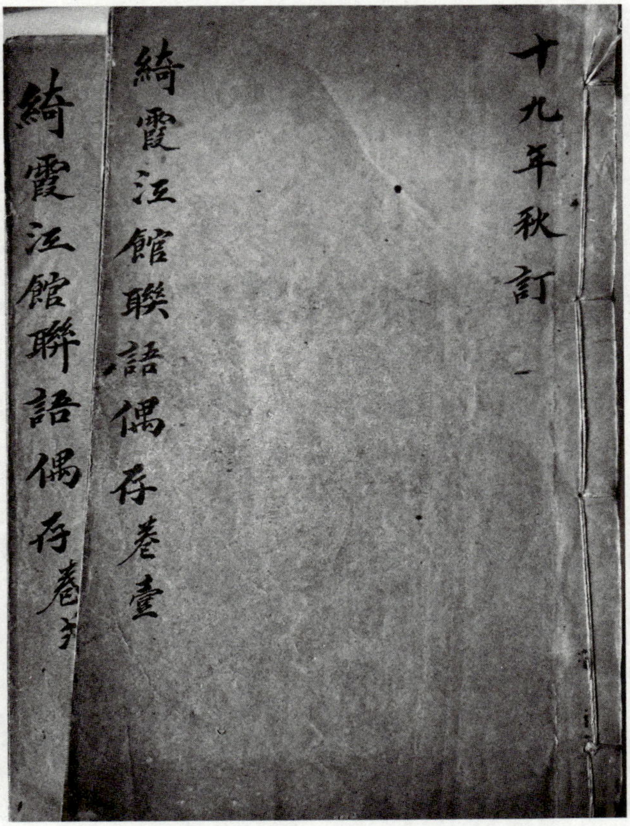
十九年秋訂
一
綺霞江館聯語偶存卷壹
綺霞江館聯語偶存卷

緜蘋之息悲壯之氣則於此體爲宜宣統己酉夏至日綺霞江館主人自叙時年六十有九

綺霞江館聯語偶存

湘潭吳熙劭之甫撰
門人湘鄉彭闓異荄甫校槧

張丈竹汀侍御

侍御名沄，長沙人，官臺諫有直聲。先學錄君任安仁校官殉土寇之難，侍御奏請建立專祠，奉旨俞允。

將舉世吏瘝民病引爲己憂。中外憚風裁。要只求臣職無虧。公究何心矜氣節。以先子吟宦孤忠達諸天聽。烝嘗隆美報。一念及君恩所自。我猶有淚灑封章。

陶諡謙茂才

茂才名鏡瑩，安化人，文毅公澍之孫，爲予弟子，從學四年，

目　录

绮霞江馆联语偶存

绮霞江馆联语续存

绮霞江馆联语再续存

附 录

自叙

挽联不知始于何时，宋赵忠简自书铭旌“身骑箕尾，气作河山”二语，似即自挽之滥觞矣。至今日而其风盛行，亲朋赙襚[①]多却之，非此不足以勖丧主之意，动辄多至四五百幅，剿袭凑合，工者遂稀。吾湘曾文正公[②]，以闳博健倔之才，出其余劲，成挽联一卷，自负无敌，盖天分既优，故虽小技，亦横绝一世也。熙于文正无能为役，然悈[③]友怛化[④]、黄垆[⑤]邻笛[⑥]之感，亦不能已于言。又时有代庖之作，脱稿辄弃，不自收拾。兹以门人嗜痂之癖，过而存之，其余散佚者多矣。每一展玩，数十年交游情状，历历如在目前，词之工拙，卑卑不足道矣。大略比附典切，运以绵蕝[⑦]之思、悲壮之气，则于此体为宜。

宣统己酉长至日[⑧]绮霞江馆主人自叙，时年六十有九。

注释

① 赙襚（fùsuì）：送给丧家钱财衣物。《史记·鲁仲连邹阳列传》：“邹鲁之臣，生则不得事养，死则不得赙襚。”

② 曾文正公：指曾国藩（1811—1872），字伯涵，号涤生，逝世后被谥“文正”。清湘乡（今属双峰县）人。晚清重臣，湘

军的创立者和统帅者。官至两江总督、直隶总督、武英殿大学士，封一等毅勇侯，成为清代以文人而封武侯的第一人。著名的军事家、理学家、政治家、书法家、文学家，晚清“湘乡文派”创立人，宋诗派领袖，联坛巨擘。

③ 悈（jiè）：衰老。

④ 怛（dá）化：意谓人之死乃自然变化，不要惊动他。后谓人死为“怛化”。《庄子·大宗师》：“俄而子来有病，喘喘然将死，其妻子环而泣之。子犁往问之，曰：‘叱！避，无怛化！”

⑤ 黄垆：南朝宋刘义庆《世说新语·伤逝》：“王浚冲为尚书令，着公服，乘轺车，经黄公酒垆下过。顾谓后车客：‘今日视虽近，邈若山河。’”后以此为伤亡感旧之词。

⑥ 邻笛：三国魏嵇康、吕安被司马昭杀害后，他们的好友向秀过嵇的旧居山阳，听到邻人的笛声，怀亡友感音而叹，于是写了一篇《思旧赋》。见《晋书·向秀传》。后用为哀念亡友的典故。

⑦ 蓿（xū）：一种草本植物，嫩茎可食，全草入药。叶细。

⑧ 长至日：指夏至。夏至白昼最长，故称。

绮霞江馆联语偶存

湘潭吴熙劭之甫撰；门人湘乡彭阊异茨龢甫校刊。

张文竹汀侍御

侍御名沄，长沙人，官台谏，有直声。先学录君[①]任安仁校官，殉土寇之难，侍御奏请建立专祠，奉旨俞允[②]。

将举世吏疵民病引为己忧，中外惮风裁[③]，要只求臣职无亏，公究何心矜气节[④]；

以先子冷官[⑤]孤忠达诸天听，忝尝[⑥]隆美报，一念及君恩所自，我犹有泪洒封章[⑦]。

注释

① 先学录君：先君是亡父之称谓，即指吴熙父亲吴棠。学录，为中国古代文官官职名。清代学录与学正为基层官员编制之一，掌学规，从事业务则相当于老师或学校行政人员。吴棠，字芝桥。吴淞子。清道光二年（1822）乡试中举，十二年（1832）考取景山教习，十七年（1837）以知县用，改教职，二十一年（1841）选授耒阳教谕。咸丰三年（1853）署安仁训导，因太平军攻城，被执而殉难。同治九年（1870），御史张沄以衡阳魏承柷与吴棠之死事，疏请自行捐资建祠，报可。好为诗，且多见道

语。其《潭州竹枝词》流传甚广，有《只且园诗存》二卷存世。

② 俞允：《书·尧典》："帝曰：'俞'。" 俞，应诺之词。后即称允诺为"俞允"。多用于君主。

③ 风裁：谓裁夺，依法裁处。《后汉书·党锢传·李膺》："是时朝廷日乱，纲纪颓阤，膺独持风裁，以声名自高。"

④ 气节：志气和节操。《史记·汲郑列传》："（汲黯）好学，游侠，任气节，内行脩絜，好直谏。" 宋陆游《有所感》诗："气节陵夷谁独立，文章衰坏正横流。"

⑤ 冷官：地位不重要、事务不繁忙的官职。郑虔（盛唐著名文学家、诗人、书画家，又是一位精通天文、地理、博物、兵法、医药近乎百科全书式的一代通儒，诗圣杜甫称赞他"荥阳冠众儒""文传天下口"。他学富五车，精通经史，书画成就卓然一家）曾任广文博士，时人视为冷宦或冷官。杜甫《醉时歌·赠广文馆博士郑虔)》："诸公衮衮登台省，广文先生官独冷。" 以后喻学官。

⑥ 烝尝：冬祭曰烝，秋祭曰尝。《诗·小雅·楚茨》："絜尔牛羊，以往烝尝。" 后泛称祭祀。

⑦ 封章：密封的章奏。古代百官上书奏机密事，皆用皂囊封缄呈进，名为封章，亦称封事。汉雄《赵充国颂》："营平守节，屡奏封章。"

陶益谦茂才

茂才名镜莹，安化人，文毅公澍[①]之孙，为予弟子，从学四年。病中神识不乱，预言晴雨不爽时刻，诗文稿不自收拾，死后其昆季为付剞劂[②]。

晴雨验前知，生有自来，慧剑[③]慈灯空俗障；

青蓝[④]成永诀，凄然以感，零缣断素[⑤]亦传书。

注释

① 文毅公澍：陶澍（1779—1839），字子霖，号云汀，湖南安化人。湖湘经世派第一人、道光朝重臣。官至两江总督，谥文毅。有《印心石屋集》。陶澍第四子名陶桄，陶桄之子即陶镜莹，字益谦，号侰云。清光绪廪生。

② 剞劂（jījué）：刻字刀凿。《楚辞·严忌·哀时命》："握剞劂而不用兮，操规矩而无所施。"洪兴祖，补注引应劭曰："剞，曲刀；劂，曲凿。"引申为印刷出版。

③ 慧剑：佛学语。《维摩经·菩萨行品》："以智慧剑，破烦恼贼。出阴界入，荷负众生，永使解脱。"佛教喻智慧如剑，能

斩断一切烦恼。永嘉玄觉禅师："大丈夫，秉慧剑，般若锋兮金刚焰。非但能摧外道心，早曾落却天魔胆。"清悟云和尚《落发》："烦恼丛千缕，全凭慧剑挥。"

④ 青蓝：喻弟子优于师傅。《荀子·劝学篇》："青取之于蓝，而青于蓝。"

⑤ 零缣断素：缣素：细绢，可供书画。古书翰书于缣素。曾以缣缃为经书，以尺素为书信。

杨漱腴上舍

漱腴名懋荣，同邑人，才情豪纵，家贫亲老，橐笔远游。壬午夏与予同客白下秦淮画舫，极丝竹觞咏之欢。秋归乡试，不售①。冬初，予重往江南，漱腴病笃，不能走送，迨予抵金陵，有自湘来者云已死矣！

谁拔君抑塞磊落之奇才，奔走迫饥寒，无限伤心，游子②衣裳慈母线；

竟与我生死别离惟一瞬，江山挥涕泪，不堪回首，板桥烟柳木兰艭③。

注释

① 不售：《诗·邶风·谷风》："既阻我德，贾用不售。"引申为考试不中。

② 游子：孟郊《游子吟》："慈母手中线，游子身上衣，临行密密缝，意恐迟迟归。谁言寸草心，报得三春晖！"

③ 艭（shuāng）：古书上说的一种小船，此指秦淮画舫。

湘阴左文襄公①

文襄开府两江，署中增设书记处，以予典司其事，指予顾座客言曰："此学人也，昔裴晋公②用韩昌黎为记室，我今亦犹是矣。"居无何，有浙人谗予，文襄不能舒究，予断断争辩③，而卒无以释其疑也。文襄大好边材，忠于谋国，虽有一二过举，天下共谅其无他。惜乎暮年精力衰耗，宵小得而乘之。其后台湾用兵，文襄督师至闽，一意主战，薨前一日犹欲往擒孤拔，催促帐下诸将出军。呜呼！志决身歼，其亦三呼渡河④之遗恨也已。

公曾期我作韩昌黎，奈谗间⑤阴行，虽有释言难感悟；

天不许人为岳武穆⑥，纵威棱远憺⑦，终留遗恨与英雄。

注释

① 左文襄：即左宗棠（1812—1885），字季高，号湘上农人，谥文襄，湘阴人，晚清重臣，军事家、政治家、湘军著名将领，洋务派代表人物之一。与曾国藩、李鸿章、张之洞并称"晚清中兴四大名臣。"曾率兵收复新疆。入赘湘潭文化大家族周氏，在湘潭居住十三年。

② 裴晋公：即裴度。唐朝名相，杰出的政治家。唐宪宗元和

十二年（817），以裴度为淮西宣慰处置使，讨平蔡州吴元济之乱，封晋国公。淮蔡之乱，度以韩愈为行军司马。韩昌黎即韩愈，因郡望昌黎，世称韩昌黎。

③ 龂龂（yínyín）争辩：形容争辩的样子。

④ 三呼渡河：《宋史·宗泽传》："泽叹曰：'出师未捷身先死，长使英雄泪满襟。'翌日，风雨昼晦。泽无一语及家事，但连呼'过河'者三而薨。"

⑤ 谗间：用谗言离间他人。《晋书·刘元海》："王浑、李喜以乡曲见知，每相称达，谗间因之而进，深非吾愿，适足为害。"《新唐书·苗晋卿传》："中伤，则枉直无辨，而谗间之道行。"清唐甄《潜书·任相》："使当日者居正尚存，勋劳日高，显帝之齿渐长，四方无事，志气骄盈，谗闲得入，则居正覆巢之祸，不在身死之后矣。"

⑥ 岳武穆：指岳飞。《宋史·岳飞传》："淳熙六年，谥武穆。嘉定四年，追封鄂王。"清·薛福成《枪炮说》上："即岳武穆将才天挺，百战百胜，亦是非一时诸将所及。"

⑦ 威棱远憺（dàn）：憺，震动，使人畏惧。木四方为棱，人有威如有棱者然。《汉书·李广传》："是以名声暴于夷貉，威棱憺乎邻国。"

夏芝岑廉访[1]代徐子筠作

廉访名献云，新建人，官湖南督粮道最久。长沙定王台、贾傅祠，皆其所修构也。延[2]子筠课子，子筠之子砚耕亦馆于其署中，文字请廉访点定，主宾极相得[3]，廉访告归，家居四年卒。

许久依渌水芙蓉[4]，诗酒极交欢，竟浑忘谁主谁宾，儿子文章还互课；

已饱啖江乡莼菜[5]，湖湘有遗爱，好祔祀贤王贤傅[6]，循良忠孝并千秋。

注释

① 夏芝岑廉访：夏献云（1824—188），字乔臣，号小润、芝岑，江西新建人。道光二十九年（1849）拔贡。朝考以七品京官人校道光实录，累官至湖南按察使。著有《清啸阁诗集》《岳游草》等。事迹见倪文蔚《署湖南按察使粮储道夏君传》（《碑传集三编》卷一九）。

② 延：请。

③ 相得：互相投合，相处得很好。

④ 渌水芙蓉：《南史·庾杲之传》："王俭用杲之为卫将军长

史，安乐侯萧缅与俭书曰，盛府元僚，实难其选，庾景行泛渌水、依芙蓉，何其丽也。时人以入俭府为莲花池，故缅书美之……”后称幕宾为莲幕。

⑤ 已饱啖江乡莼菜：谓辞官归家。《晋书·张翰传》：“（张翰）在洛，见秋风起，因思吴中菰菜羹、鲈鱼脍，曰：‘人生贵得适意尔，何能羁宦数千里以要名爵?’遂命驾便归。”

⑥ 祔祀（fùsì）贤王贤傅：在祖庙内后死者附于先灵下合祭。泛指配享，附祭。贤王贤傅：即汉景帝子刘发为长沙王，汉文帝时贾谊为长沙太傅。

欧阳母莫太淑人

太淑人为晓晴丈兆熊[1]之元配。丈别字匏叟，广结纳中兴将相，曾、江、左、李诸公，皆与为寒畯[2]交。主其家匏叟之封翁，与先王父半江先生交好，匏叟与先父学录君又相过从，太淑人之季子季林、长孙伯元亦与余善。

魁儒遍寰海论交，巾帼识尤奇，凿壁窥宾[3]，他日必为名将相；

贱子托通家累世，楹书[4]疑共析，入门感旧，升堂不见太夫人。

注释

① 兆熊：即欧阳兆熊（1809—1873），字晓岑，号匏（páo）叟，清道光十七年（1837）中举人。邓显鹤辑刻《船山遗书》，欧阳兆雄参与校勘。工诗文，通医术。曾国藩会试下第时，道病甚危，欧阳兆雄为其留逆旅诊治，遂为布衣交。曾国藩督师后，招其入营。累保员外郎，加四品衔。同治年间曾国藩重刻《船山遗书》，欧阳兆熊又董其役。有《水窗春呓》等多部著述传世。

曾在湘潭城内开设医药局，延请众多中医师，专为百姓治病。

② 寒畯（jùn）：出身寒微而才能杰出的人。五代王定保《唐摭言·好放孤寒》：“……或有诗曰：‘八百孤寒齐下泪，一时南望李崖州。’”宋·赵彦卫《云麓漫钞》卷七：“若本朝尚科举，显人魁士皆出寒畯。”清和邦额《夜谭随录·冯勰》：“世之衰也，一变而为请托，更变而为贿赂，寒畯之士，遗于野矣。”

③ 凿壁窥宾：指偷看客人，喻女性对心仪的男人暗自相许。

④ 楹书：《晏子春秋·杂下三十》：“晏子病，将死，凿楹纳书焉，谓其妻曰：‘楹语也，子壮而示之。’”后因以“楹书”指遗言、遗书。

朱肯夫[①]师

朱肯夫：师讳逌然，浙江余姚人，官宫詹。熙其己卯所取优贡生也，最蒙赏识。后官四川学政，卒于任。课士有法，蜀人翕然称之，卒后川督丁文诚公以其政迹胪列入告[②]。

使节溯江源，论教思无穷，宜并文翁[③]祠石室；

师恩重山岳，愧修名未立[④]，空将郭隗[⑤]贡金台。

注释

① 朱肯夫：即朱逌（yōu）然（1836—1882），清朝末年学者。字肯夫，亦字肯甫；号味莲，室名孱守斋。浙江余姚人。清同治元年（1862）壬戌科二甲进士。改庶吉士，散馆授翰林院编修。先后担任湖南、四川学政，在所任之处都很有口碑。官至詹事府詹事。在四川任上逝世。朱逌然于训诂、六书、毛诗周礼、谷梁春秋都有很深的研究。

② 胪列入告：胪列：罗列，列举之意，入告：意思是以事上闻，奏报皇上。出自《书·君陈》："尔有嘉谋嘉猷，则入告尔后于内，尔乃顺之于外。"

③ 文翁：《汉书·循吏传·文翁》："文翁，庐江舒人也。少

好学，通《春秋》，以郡县吏察举。景帝末，为蜀郡守，仁爱好教化。见蜀地辟陋有蛮夷风，文翁欲诱进之……至武帝时，乃令天下郡国皆立学校官，自文翁为之始云。文翁终于蜀，吏民为立祠堂，岁时祭祀不绝。至今巴蜀好文雅，文翁之化也。”

④ 修名未立：语见屈原《离骚》：“老冉冉其将至，恐修名之不立。”修名：美好的名声。

⑤ 郭隗（wěi）：战国燕人，燕昭王欲得贤士以报齐仇。隗曰：“王必欲致士，先从隗始。况贤于隗者，岂远千里哉！于是昭王为隗改筑宫而师事之。”置千金其上，延天下士，号黄金台。

苏定波妾魏氏

魏氏略知书，性刚烈。已死，定波不复纳簉[1]。

超升白日魏夫人[2]，闻生来文字粗通，慧性更刚肠，问谁如知命[3]小星[4]，能洗香闺脂粉气[5]；

眷恋朝云苏内翰[6]，愿从此衾裯[7]自抱，芳魂应感泣，当亦望谈禅旧雨[8]，曲宽垂老槁砧[9]心。

注释

① 纳簉（zào）：言纳妾。《左传·昭公一年》："泉丘人有女梦以其帷幕孟氏之庙，遂奔僖子，……僖子使助氏之簉。"

② 魏夫人：即魏华存（252—334），晋代女道士，道教信奉之女仙。字贤安，任城人。司徒魏舒之女。博览百家，通儒学五经，尤耽好老、庄。常静居行导引、吐纳术，服食药物，意欲独身修仙，遂其所愿。持斋修道多年，后被尊奉为道教上清派第一代宗师，世称"南岳夫人"。

③ 知命：知命也作知天命、半百、知非，认识天命或命运，五十岁的代称。《论语·为政》："五十而知天命。"《易经·系辞

上》："旁行而不流，乐天知命，故不忧。"

④ 小星：妾的代称。郑玄《笺》，谓小星即众多无名的小星，比喻周王的众妾。

⑤ 脂粉气：女子用脂粉来美容，故称柔艳之风为脂粉气。唐宋之问《伤曹娘》诗之一："独怜脂粉气，犹著舞衣中。"

⑥ 朝云苏内翰：苏东坡侍妾。朝云姓王，字子霞，钱塘人。她随东坡贬居惠州，宋绍圣三年（1096）病故，时年三十四岁。东坡《悼朝云》诗序云："绍圣元年十一月，戏作《悼朝云》曰：'苗而不秀岂其天，不使童乌与我玄。驻景恨无千岁药，赠行惟有小乘禅。伤心一念偿前债，弹指三生断后缘。归卧竹根无远近，夜灯勤礼塔中仙。'"朝云生前学书，颇有楷法，亦学佛。她临终时诵"六如谒"。清道光名士林兆龙为联"不增、不减、不生、不灭、不垢、不净；如梦、如幻、如泡、如影、如露、如电。"故称"六如"。

⑦ 衾裯（chóu）：《诗·召南·小星》："肃肃宵征，抱衾与裯，实命不犹。"此指被褥床帐等卧具。

⑧ 旧雨：比喻老朋友。杜甫《秋述》："卧病长安旅次，多雨……常时车马之客，旧，雨来，今，雨不来。"后人就把"旧"和"雨"联用作老朋友讲。清朝尹会一《与王罕皆太史》："比想旧雨重逢，促膝谈心，亦大兄闲居之一快也。"

⑨ 槁砧（gǎozhēn）：《古绝句·槁砧今何在》："槁砧今何在？山上复有山。何当大刀头？破镜飞上天。"缘此妻称夫曰槁砧。

赵子孚茂才

子孚名汝庸，举孝廉方正①，为予居停主人②，频年多病，过从遂稀。

推道南大宅③同居，多病久荒文酒宴；

是赵氏连城完璧④，立身无忝⑤孝廉科。

注释

① 孝廉方正：清代特诏举行的制科之一。自雍正时起，新帝嗣位，诏直省府、州、县、卫各举“孝廉方正”，赐六品章服，备召用。乾隆以后，定荐举后送吏部考察，授以知县等官及教职。即举人。

② 居停主人：寄居之处的主人，指房东。

③ 道南大宅：《三国志·周瑜传》：“坚子策兴瑜同年，独相友善，瑜推道南大宅以舍策，升堂拜母，有无通共。瑜从父尚为丹杨太守，瑜往省之。”

④ 连城完璧：引完璧归赵之典，赞美死者守身如玉。

⑤ 忝：辱，有愧于，常用作谦辞。

陶母李孺人

孺人为黼丞成学茂才之母，年八十有八，卒时其夫尚在。

令妻寿母信能兼，请诔德陈辞[①]，断取奚斯闷宫句[②]；

送往事居无所憾，愿节哀顺变，曲宽庄叟鼓盆[③]心。

注释

① 诔德陈辞：累述记亡者之功德，若今天的悼词。《周礼·春官·大祝》："作六辞以通上下亲疏远近……六曰诔。"诔，谓积累生时德行以锡之命，主为其辞也。（列叙死者生平事迹，并且赞美其德行的文辞）

② 奚斯闷宫句：闷宫，后稷母姜嫄之庙。鲁公子奚斯作也。《毛诗·鲁颂》："《闷宫》，颂僖公能复周公之宇也。闷宫有侐，实实枚枚。赫赫姜嫄，其德不回。上帝是依，无灾无害。"

③ 庄叟鼓盆：今谓妻死为鼓盆之戚。《庄子·至乐》："庄子妻死，惠子吊之，庄子则方箕踞鼓盆而歌。"庄子妻死而不悲，反而作欢歌，这是道家崇尚自然的典故。

又一联 代杨馥笙作

馥笙与黼丞同为昭潭书院司事，黼丞之母以四月初旬亡。

与嗣君到处周旋，杯酒话同心，丽泽堂[①]开，挥麈[②]焚香书万卷；

有慈父暮年偕隐，鼓盆倾老泪，送春雨过，啼乌绕树月三更。

注释

① 丽泽堂：乾隆三十六年（1771），罗宏漳乃出俸银增起丽泽堂于昭潭书院。光绪十三年（1887），彭会昌、陶成学、杨熙治丽泽堂，校集散及新置书籍贮藏奎星阁。

② 挥麈（zhǔ）：晋人清谈时，常挥动麈尾（即“拂尘”），以为谈助。后因称谈论为挥麈。清谈时挥麈尾代表思想界领袖的地位，是玄学名士追求风神的表现。

沈门帅孺人

孺人为沈君子粹[①]之室。沈与予廿年至好，孺人亡，哀痛最甚。

兄事复何嫌，最难忘杯酒殷勤，辄使庞妻亲作黍[②]；

神伤胡太甚，愿善学鼓盆[③]旷达，请看潘鬓已成丝[④]。

注释

① 子粹：沈播，字子粹，湘潭县人，处士。游幕数十年，王闿运嘉其无幕友习气。生平溺于长生之术。有《一角园诗存》存世。

② 庞妻亲作黍：语出《汉书·逸民传》："庞（德）公者，南郡襄阳人也。居岘山之南，未尝入城府。荆州刺史刘表数延请，不屈，乃就候之曰：'夫保全一身，孰若保全天下乎?'庞公笑曰：'鸿鹄巢于高林之上，暮而得所栖；鼋鼍穴于深渊之下，夕而得所宿。夫趣舍行止，亦人之巢穴也。且各得其栖宿而已，天下非所保也。'因释耕于垄上，而妻子耘于前。表指而问曰：'先生苦居畎亩，不肯官禄，后世何以遗子孙乎?'公曰：'世人

皆遗之以危，今独遗之以安。虽所遗不同，未为无所遗也。’表叹息而去。后遂携其妻子，登鹿门山，因采药不反。”李贤注：“司马德操常诣德公，值其渡沔上先人墓，德操径入其室，呼德公妻子使速作黍，徐元直向云当来就我与德公谈。”

③ 鼓盆：敲瓦罐子。《庄子·至乐》：“庄子妻死，惠子吊之，庄子则方箕踞鼓盆而歌。”成玄英疏：“盆，瓦缶也。庄子知生死之不二，达哀乐之为一，是以妻亡不哭，鼓盆而歌。”后用以指丧妻。

④ 潘鬓已成丝：语出晋·潘岳《秋兴赋》序：“余春秋三十有二，始见二毛。”后用“潘鬓”谓中年鬓发初白。

又一联 代徐峙云作

孺人之归于沈也，峙云为媒。

我为红叶①亦殷勤，慨破镜②难圆，竟失梁鸿偕隐乐③；

君比黄花更消瘦④，愿鼓盆自遣，莫吟潘岳悼亡诗⑤。

注释

① 红叶：《青琐高议》载，唐僖宗时，于佑于御中沟中拾一叶，上有诗，右亦题诗于上，置沟上流，宫人韩氏拾之。后值帝放宫女，韩氏嫁佑成礼，各于笥（sì，盛食器也。《说文》）中取红叶相示曰："可媒矣！"后以红叶比作媒。

② 破镜：《古今诗话》：南朝陈代，太子舍人徐德言，尚乐昌公主。陈政衰，德言谓曰："国破汝必入权豪家，倘情缘未断，尚冀相见乎？"乃破镜各分其半，约他日以正月望日卖于都市。及陈亡，妻为杨素所得。德言至京，有苍头卖半照者，德言出半照合之，题曰："镜与人俱去，镜归人不归。无复嫦娥影，空留明月辉。"乐昌得诗，悲泣不食，素知之，乃召德言，还其妻。以"破镜重圆"喻夫妻离散后重新团圆。

③ 梁鸿偕隐乐：《后汉书·逸民列传》："梁鸿字伯鸾，家贫而尚节介，博览无不通，而不为章句。娶同邑孟氏女，居有顷，妻曰：'常闻夫子欲隐居避患，今何为默默？无乃欲低头就之乎？'鸿曰：'诺！'乃共入霸陵山中，以耕织为业，咏《诗》《书》，弹琴以自娱。"

④ 君比黄花更消瘦：李清照《醉花阴》："帘卷西风，人比黄花瘦。"

⑤ 潘岳悼亡诗：悼念亡者。潘岳因妻死，作《悼亡》诗三首，后因称丧妻为悼亡。

张子衡[1] 廉访

廉访名岳龄，平江人。由诸生从军，叙功，官至福建按察使。生平以三事自负：一能诗，一青乌之术[2]，一督兵善战也。作《杜工部墓考》，断断争辩，谓墓在平江，独修杜氏遗阡[3]，并建飨堂[4]，自营生圹[5]，距杜墓仅数里。其卒也，后左侯一月。

继杜少陵慷慨悲歌[6]，亲手种松楸[7]，万古诗魂抔土近；

与左太傅[8]后先徂谢，伤心话桑梓[9]，中兴名将几人存。

注释

① 张子衡：即张岳龄（1818—1885），字子衡，号南瞻，岳阳平江人。廪生，后成为湘军将领，由军功保举出身。初在家乡办团练，后随曾国藩、左宗棠入江西、进新疆，剿匪平叛，战功赫赫。历任甘肃、福建按察使，赏戴花翎，赐号策勇巴图鲁。

② 青乌之术：谓相地风水之术。相传汉代青乌子有《蟒经》一书传世。《抱朴子·极言》："穷神奸则记白泽之辞，相地理则书青乌之说。"

③ 遗阡：坟墓。清朝顾炎武《过矩亭拜季先生墓下》诗："我来拜遗阡，增此儒林重。"

④ 飨堂：祭献或设盛宴待宾客的大堂。

⑤ 生圹（kuàng）：生前预造的坟墓。清王士禛《香祖笔记》卷一："阉擅国柄时，自营生圹已久。"

⑥ 杜少陵慷慨悲歌：杜少甫，字子美，自称少陵野老。少贫，举进士不第，适逢天宝安史之乱。一生穷困，饱经颠沛流离，故诗歌悲愤多。

⑦ 松楸：谓墓地所植树木。南朝齐谢朓《齐敬皇后哀策文》："陈象设于园寝兮，映舆锾于松楸。"

⑧ 左太傅：即左宗棠，谥文襄。徂谢：死亡。南朝宋谢灵运《庐陵王墓下作》诗："徂谢易永久，松柏森已行。"唐张说《赠丹州刺史先府君碑》："徂谢永久，丘坟不饰。"清朝顾炎武《关中杂诗》之四："徂谢良朋尽，雕伤节士空。"

⑨ 桑梓：桑和梓为古代住宅旁栽常种的树木，后以此比喻故乡。

又一联 代陈莲生作

莲生，湖北知县，左侯灵辆归里，莲生迎于九江，及归江西省垣，而廉访之赴至矣。先是台湾用兵，传闻有保荐廉访起用者，廉访约莲生同行。“铁瓶道人”，廉访自号也。

大江哭送左文襄，三千里风雨遄归，穗帐[1]又挥知己泪；

老将谁逾赵充国[2]，七十载诗歌寄托，铁瓶原有出山心。

注释

① 穗帐：用细而疏的麻布制成的灵帐。《太平御览》：“魏武帝遗令：‘于台堂上安六尺牀，施穗帐。’”

② 赵充国：（前137—前52），字翁孙，陇西人，西汉名将。他率军击败武都氐族叛乱，并出击匈奴，俘虏西祁王。汉昭帝死后，与霍光等拥立汉宣帝，封营平侯。神爵元年（前61），计定羌人叛乱，并开展屯田。赵充国晚年致仕后，仍常参与议论“四夷”问题。年八十六去世，谥号“壮”。为“麒麟阁十一功臣”之一。

李芋仙[1]大令

芋仙，名士棻，四川忠州人。由拔贡官江西知县，历任繁剧，卓有政声。嗜吟诗，清婉流丽，逼近温李[2]，又工书，挥洒如意，收藏书籍、金石、古玩甚富。晚岁以狂夺官，客沪上最久。诗酒风流，名满江海。平生交遍宇内，最后与余契好尤深，见贻手书将及百简，皆訾议诗文，略无假借。余珍弆[3]之，爱不忍释，非惟直言，难得文翰之美，近今亦稀。上海静安寺地势幽旷，为游人暑月纳凉之所，君辄携其诗、弟子姚倩卿姊妹，同车共载，憩息其中，以为此乃人间第一乐事，尝醉语予曰："我死葬静安寺，俾倩卿姊妹仿吊柳七[4]故事足矣。"乙酉秋竟死于海上，予既为位以哭，又撰一联以鸣吾哀。君为湘乡相国[5]高足弟子，"太白醉魂"，今尚存相国赠君句也。

禅智山光好墓田[6]，今果如酒后戏言，太白醉魂招海上；

平生风义兼师友[7]，已开出蜀中诗派，浣花余韵[8]在人间。

注释

① 李芋仙：即李士棻（1822—1885），清藏书家、诗人、书法家。字重叔，号芋仙，忠州（今重庆忠县）人。道光二十九年

(1849) 拔贡生，同治初任彭泽知县，继移任于江西临川（今抚州），政声卓著。以诗文为曾国藩所看重，当时与中江李鸿裔、剑州李榕号称“蜀中三李”。故吴熙联中有“蜀中诗派”之语。

② 温李：《北梦琐言》载，温庭筠与李商隐齐名，时号“温李。”由于作诗绮丽精巧，后人誉为花间之鼻祖。

③ 珍弆（jǔ）：珍藏。

④ 柳七：谓柳永也。刘克庄诗：“相君未识陈三面，儿女多知柳七名。”

⑤ 湘乡相国：即曾国藩。

⑥ 禅智山光好墓田：唐·张祜《纵游淮南》：“十里长街市井连，月明桥上看神仙。人生只合扬州死，禅智山光好墓田。”

⑦ 平生风义兼师友：《李商隐·哭刘蕡》：“上帝深宫闭九阍，巫咸不下问衔冤。黄陵别后春涛隔，湓浦书来秋雨翻。只有安仁能作诔，何曾宋玉解招魂。平生风义兼师友，不敢同君哭寝门。”

⑧ 浣花余韵：浣花溪在四川成都，一名百花潭，杜甫故宅在此，谓之浣花草堂。杜甫从乾元二年（759）末至永泰元年（765）在草堂作诗二百七十一首。

郭午谷别驾

午谷，名泽春，由副贡保举通判，终身未履仕途，有才干，长于言语，迄无所遇，性好佛，屡与予言，欲祝发入山[①]。死，无子，可悲也已。

天厄君科名不遂，仕宦无成，兼谋谟词令之长，莫展一筹，造物生才竟何意；

吾与子材艺殊途，性情同轨，于儒墨纵横而外，并尊二氏[②]，伤心苦语许谁闻。

注释

① 祝发入山：此谓削发为僧。《谷梁传·哀公十三年》：“吴，夷狄之国也，祝发文身。”

② 二氏：即儒佛两家。

又一联 代仲藩侄作

午谷颇有侠气，仲藩夙与交好，两人家事互相商议，午谷之兄又与仲藩乡榜同年。

名场不足绊英雄，半生来以觿解结[①]，以杖扶颠，毁誉一听里中人，大都豪侠，居乡断无吐茹刚柔意[②]；

友谊几于侔[③]骨肉，二十年相印在心，相依如手，彼此与谋门内事，徒谓贤昆，同榜犹属寻常文字缘。

注释

① 觿（xī）解结：觿，古代用解绳结的角锥。《诗经·卫风·芄兰》："芄兰之支，童子佩觿。虽则佩觿，能不我知？容兮遂兮，垂带悸兮。芄兰之叶，童子佩韘。虽则佩韘，能不我甲？容兮遂兮，垂带悸兮。"

② 断无吐茹刚柔意：《诗经·大雅》："维仲山甫，柔亦不茹。刚亦不吐，不侮矜寡，不畏强御。"

③ 侔（móu）："侔，齐等也。"（《说文》）

又一联 代沈子粹作

午谷喜看王益吾[①]祭酒《续东华录》，坐客常满，日与人弈，而无高著，通方术，有禅悟，时与子粹相参证。

近来数典熟乾嘉[②]，神情似侠，材干宜官，坐客尽轩渠[③]，百事优为棋品下；

每为寻君入城郭，医理同参，禅锋相对，故人如木叶，三秋摇落雨声悲。

注释

① 王益吾：即王先谦（1842—1917），字益吾，因宅名葵园，学人称为葵园先生。湖南长沙人。同治四年（1865）进士，史学家、经学家、训诂学家、实业家。著名的湘绅领袖、学界泰斗。曾任国子监祭酒、江苏学政，湖南岳麓、城南书院院长。著有《十朝东华录》等书。

② 乾嘉：即乾隆、嘉庆年号。

③ 轩渠：笑貌。《后汉书·方术传》："蓟子训，儿识父母，轩渠笑悦，欲往就之。"

曹门龚宜人

宜人为谷孙贰尹之室。谷孙游宦江西，宜人从焉，子女甚多，皆旁出[①]也。

随夫君捧檄出游，彭蠡洞庭，画舫琴书仙眷属；

有诸娣抱衾感泣，荔枝甘蔗[②]，慈云雨露佛菩提。

注释

① 旁出：亦称庶出，谓妾所生子女。《宋史·昌言传》："又短其委母妻乡里，十余年不迎侍，别娶旁妻。"

② 荔枝甘蔗：荔枝，谓晚年所生子女。蔡君谟曰："闽心荔枝，兴化最为奇特，尤为陈紫，其树晚熟。"甘蔗，宋神宗问吕惠卿，曰："蔗字从庶何也?""凡草木种之俱正生，蔗独横生，盖庶出也，故从庶。"（引自明朝张岱《夜航船·植物部·花木》）

又一联 代龚某作

龚某为宜人之兄，甫丧其子，妹继而亡，宜人之母年八十矣，犹健在。

夫原静好[①]，子已长成，闺房清福几生修，竟不图碧海青天[②]，秋色平分，奔月遽随仙引去；

兄既丧明[③]，妹尤无禄[④]，丝竹中年[⑤]难自遣，况更有白头黄耆[⑥]，忧心如醉，倚门犹望女归宁[⑦]。

注释

① 静好：《诗·郑风·女曰鸡鸣》：“琴瑟在御，莫不静好。”此言安且佳也，以喻夫妇和谐。

② 碧海青天：《李商隐·嫦娥》：“云母屏风烛影深，长河渐落晓星沉。嫦娥应悔偷灵药，碧海青天夜夜心。”比喻女子对爱情的坚贞。

③ 丧明：原指孔子弟子子夏在西河丧子而哭瞎眼睛的事。同“痛抱西河”。《史记·仲尼弟子列传》：“孔子既没，子夏居西河，教授，为魏文侯师，其子死，哭之失明。”

④ 无禄：犹不幸。《诗·小雅·正月》：“忧心茕茕，念我无禄。”朱熹集传：“无禄，犹言不幸尔。”

⑤ 丝竹中年：指中年人以丝竹陶情排解哀伤。《世说新语·言语》：“谢安曰‘中年丧于哀乐。’王右军曰：‘年在桑榆，自然至此，正赖丝竹陶写。’”

⑥ 白头黄耇（gǒu）：白头谓白发，黄谓白发落更生黄者也。耇，老人面色不净如垢也。《诗经·小雅》：“乐只君了，遐不黄耇。”

⑦ 归宁：谓女子回家省亲。《诗经·周南·葛覃》：“……言告师氏，言告言归。薄污我私，薄浣我衣。害浣害否，归宁父母。”

黄正斋[1] 姨丈

丈讳楷盛，湘乡人，由拔贡小京官，中顺天乡试，升礼部郎中，明习故事，容台议礼，铮铮有声，屡分校直闱，号称得士。简放贵州铜仁府知府，廉惠有名迹。晚岁告归，主修《湘乡县志》，简要得体。为湘水校经堂院长，学术持汉宋之平。生平无疾言遽色，行谊端悫，士论翕然。卒年八十有八。

容台[2]议礼，试院持衡，五马[3]莅牂柯[4]，是召父杜母一流人物[5]；

耄岁修书，高材问字，两家通汉宋[6]，为双池白田继起经师[7]。

注释

① 黄正斋：即黄楷盛，字正斋、正甫。清道光十九年(1839)举人，记名御史，官铜仁知府，任东皋书院、湘水校经堂山长。曾纂修同治《湘乡县志》。

② 容台：礼署、礼部的别称。汉朝郑玄云："商家典乐之官，知礼容，所以礼署称容台。"

③ 五马：古称太守为五马，因出则御五马。《玉台新咏·日

出东南隅行》："使君从南来，五马立踟蹰。"

④ 牂（zāng）柯：古地名，在今贵州遵义以南。

⑤ 召（shào）父杜母：指西汉召信臣和东汉杜诗。他们都曾为南阳太守，且皆有善政，使人民得以休养生息，安居乐业，故南阳人为之语曰："前有召父，后有杜母。"见《汉书・循吏传・召信臣》《后汉书・杜诗传》。后因以"召父杜母"为颂扬地方官政绩的套语。

⑥ 汉宋：清朝学术以宋儒义理为主；而亦不菲休宁戴氏、高邮王氏之汉学，曰汉宋持平。

⑦ 双池白田：系湘乡境内地名。

汤翰农[1]大令

大令名金镛，由副贡生保举知县，需次江西。实具材干，而大吏无知者，郁郁暴病死，无子。两载之中，既恸陈君，又悲汤子，人生如梦，意味可知。

庞士元非百里才[2]，尺寸不能岐，彼苍竟夺英雄命；
陈少沧先一年死，泡沤原是幻，使我全灰进取心。

注释

① 汤翰农：即汤金镛，字翰农，湘潭人。光绪二年（1876）丙子副贡，据光绪《湘潭县志》记载，曾任中书科中书之类小官。

② 庞士元非百里才：《三国志·蜀书》：“庞士元非百里才也，使处治中、别驾之任，始当展其骥足耳。”

葛吟香甥

甥名祖梅，仅小予二岁。予无兄弟妹，惟一姊，君母所出，适葛氏，夫妇相继云亡，其时甥裁[1]两岁耳。甥家资颇饶，有园亭之胜，性亦雅饬，惜其不寿。时予客南昌，赴至，百感交集。

家居乐有美田园，不图楚些[2]悲哀，华屋山邱翻哭汝[3]；

地下傥逢贤父母，为报渭阳[4]憔悴，中年[5]湖海尚依人。

注释

① 裁：通“才”。

② 楚些：宋玉《楚辞·招魂》句末用“些”（些，仄音、去声、个韵，读（suò）。）如“宫廷震惊，发激楚些”。后以“楚些”喻为招魂，引作哀悼之词。又元好问《李长源》：“方为骚人笺楚些，更禁书客堕秦坑。”如严复挽门人熊季廉联：“与君同为国伤心，何堪憔悴江潭，楚些翻成悲宋玉；此业不蒙天所福，枉自张皇幽渺，玄经那更问侯芭。”

③ 华屋山邱翻哭汝：《晋书·谢安传》：“谢安之甥羊昙，知名士也，为安所爱重。安薨后，辍乐弥年，行不由西州路。尝因

石头（石头城）大醉，扶路唱乐，不觉至州门。左右白曰：‘此西州门。’昙悲感不已，以马策扣扉，诵曹子建诗曰：‘生存华屋处，零落归山丘。’恸哭而去。”

④ 渭阳：《诗经·秦风》：“我送舅氏，曰至渭阳。”秦康公送晋文公归国诗。康公为文公甥，渭阳遂为舅氏代称。

⑤ 中年：《晋书·谢安传》：“安始有仕进志，时年已四十余矣。”安曰：“中年以来，伤于哀乐。”此时熙年已四十有三矣。

龚运生直牧

运生，名承煦，游宦浙江，告归甚蚤，历典邑中公事，以精敏著声。居洗脚桥[①]北，我先人敝庐在焉，予髫龄时见乃翁与先学录君遇于桥上立语，未尝不移晷也。

两家老辈与周旋，当年桥上嬉游，君已成人，我犹稚子；

万里宦途能勇退，今日邑中公论，智如崔浩[②]，廉若道生。

注释

① 洗脚桥：在湘潭城内三义井之下。古传有六个女子在此洗脚登仙。吴熙即出生于此地。

② 智如崔浩：《魏书·长孙道生传》："帝命歌工历颂群臣，曰：'智如崔浩，廉如道生'。"按《魏书》传记崔浩性敏达，长于谋计。常自比张良，谓己稽古过之。长孙道生廉约，身为三司，而衣不华饰，食不兼味。

又一联 代龚吉生作

吉生乃运生之弟，兄弟同居。运生晚患痿痹[①]，足不出寝门者六年，吉生日夕侍语。运生以七月初旬卒，有伯兄先数年亡。

六年侍疾，燕私[②]多兄曰嗟夫，定难要予季连床[③]，长与谈心共崦景[④]；

一雨惊秋，雁行断弟今孤矣，更非若元昆[⑤]撤瑟[⑥]，犹能携手哭邛山[⑦]。

注释

① 痿痹：肢体不能动作或丧失感觉。《汉书·哀帝纪赞》："即位痿痹，末年寖剧，飨国不永。"唐朝李商隐《行次西郊作一百韵》："筋体半痿痹，肘腋生臊膻。"

② 燕私：《诗·小雅·楚茨》："诸父兄弟，备言燕私。"闲居休息。《韩诗外传》卷九："今汝往燕私之处，入户不有声，令人踞而视之，是汝之无礼也，非妇无礼也。"《史记·李斯列传》："吾常多闲日，丞相不来。吾方燕私，丞相辄来请事。"

③ 予季连床：予季，谓弟。连床，谓兄弟也。白居易《奉赠

三兄》:“杭州暮醉连床卧，吴郡春游并马行。”

④ 崦（yān）景：崦，指崦嵫，山名，在甘肃天水。传说以为日落的地方。《山海经·西山经》:“鸟鼠同穴山西南三百六十里曰崦嵫之山。”郭璞注：“日没所入山也。”《古诗源·古八变歌》:“北风初秋至，吹我章华台，浮云多暮色，似从崦嵫来。”崦景即崦嵫之暮色，常以比喻人之晚年。

⑤ 元昆：喻长兄之称呼。

⑥ 撤瑟:《仪礼·既夕礼》:“有疾，疾者齐，养者皆齐，彻琴瑟。”彻，同“撤”。本谓撤去琴瑟，使病人安静，且示敬意。后用以称疾病危笃或死亡。

⑦ 邙山：即北邙山。在今河南省洛阳市东北。汉魏以来，为王侯公卿归葬之处。

又一联 代周莲浦作

莲浦与运生比邻，通形家言，运生兆域①，其所择也。

两家只隔一墙花，忽惊邻笛吹来，行过酒垆②何忍再；
华表定归千岁鹤③，为觅云山佳处，埋藏玉树④最相宜。

注释

① 兆域：墓地四周的疆界。亦以称墓地。《周礼·春官·冢人》："掌公墓之地，辨其兆域而为之图。"

② 酒垆：南朝宋刘义庆《世说新语·伤逝》："王浚冲为尚书令，着公服，乘轺车，经黄公酒垆下过。顾谓后车客：'今日视虽近，邈若山河。'"后以此为伤亡感旧之词。

③ 千岁鹤：辽东城门有华表，表柱有白鹤集柱头，时有少年欲射之，鹤乃飞，徘徊空中而言曰："有鸟有鸟丁令威，去家千岁今来归，城郭如故人民非，何不学仙冢累累。"以此来警喻世人。

④ 埋藏玉树：《世说新语·伤逝》：庾文康亡，何充临葬云："埋玉树箸土中，使人情何能已已。"

张封翁

封翁为长沙澜勋守正大令之父。大令与予同客金陵节署，奔丧归。

台城莲幕[①]话家山，一片白云飞[②]，梦绕故园亲舍远；

风雪麻衣泣邱垄，千年黄石殉[③]，礼当会葬我来迟。

注释

① 台城莲幕：台城故址在南京玄武湖侧。莲幕：《南史·庾杲之传》：“〔王俭〕用杲之为卫将军长史。安陆侯萧缅与俭书曰：‘盛府元僚，实难其选。庾景行汎渌水，依芙蓉，何其丽也。’时人以入俭府为莲花池，故缅书美之。”后因称幕府为“莲幕”。

② 白云飞：比喻思亲。《旧唐书·狄仁杰传》：其亲在河阳别业，仁杰赴并州，登太行山，南望见白云飞，谓左右曰：“吾亲所居，在此云下。”瞻望伫立久之，云乃行。

③ 黄石殉：《史记留侯世家》：“留侯张良者，其先韩人也。留侯死，并葬黄石，每上冢伏腊，祠黄石。”此切张姓。

友人某

某从军宁夏，经左侯[①]保荐。颇善书，一夕作简札未竟，忽焉拉杂摧烧雉经[②]而死，不解其何故也。先一月，张君莲渠赴[③]来，故有两哭良朋之语。

提三尺剑，走贺兰山，有才为相国所知，奋九万里风毛，荐表中特书一鹗[④]；

裂五色笺，掷生花笔[⑤]，无故弃家人而死，仅二十余日耳，寝门外两哭良朋[⑥]。

注释

① 左侯：指左宗棠。

② 雉经：缢死曰雉经。雉，牛鼻绳也。《国语·晋二》："申生乃雉经于新城之庙。"

③ 赴：通"讣"。

④ 荐表中特书一鹗：《文选·孔融·荐祢衡表》："鸷鸟累百，不如一鹗。"此喻人累百不如一祢衡也。

⑤ 生花笔：五代王仁裕《开元天宝遗事·梦笔头生花》：

“李太白少时，梦所用之笔头上生花，后天才赡逸，名闻天下。”因以“生花笔”喻杰出的写作才能。《南史·江俺传》：“江俺少时，梦人授五色笔，由是文藻日新。”

⑥寝门外两哭良朋：寝门：内室之门。《仪礼·士丧礼》：“君使人吊，彻帷，主人迎于寝门外，见宾不哭。”郑玄注：“寝门，内门也。”《礼记·檀弓上》：“伯高死于卫，赴于孔子。孔子曰：吾恶乎哭诸？兄弟，吾哭诸庙；父之友，吾哭诸庙门之外；师，吾哭诸寝；朋友，吾哭诸寝门之外。”

王半溪姻丈

丈讳世全[①]，乃予从兄之外舅[②]。道光季年，延致耆宿校刊其先人船山遗书数十种。晚岁耽静，坐卧一楼，享年八十有奇。丈卒，而吾先君之旧交尽矣。

船山六艺国[③]初遗，赖后嗣刊行，青史儒林方立传；

宏景三层楼上老[④]，慨先生徂谢，白头父执更无人。

注释

① 世全：王世全，号半溪，王船山七世孙，祖籍衡阳，迁居湘潭，经商致富。对先祖之著作，“藏其遗书，不敢出以问世。”后经欧阳兆熊等人劝说，与新化邓显鹤等刊刻于世。

② 外舅：俗称岳父。

③ 船山六艺：明末硕儒王夫之，号船山先生。《诗》《书》《礼》《易》《乐》《春秋》谓儒家六经。阮籍《咏怀》：“儒者通六艺。”

④ 宏景三层楼上老：《梁书·处士传》：“陶弘景，字通明，丹阳秣陵人也。永元初，更筑三层楼，弘景处其上，弟子居其中，宾客至其下，与物遂绝，唯一家童得侍其旁。”

徐实铨丈

丈讳芝由，举人，官湖北兴国州知州，有惠政，兴国人至今尸祝[①]之。归田后，主讲昭潭书院，士心翕服。“懒到不看山”五字，其退休时得意诗句也。

懒到不看山，悬车[②]致政，解组[③]归田，我曾一棹武昌游，父老殷勤，争问及先生安否？

处犹能化俗，讲席[④]三年，瓣香[⑤]千古，公有半囊诗稿在，后人摩抚，还想见前辈风流。

注释

① 尸祝：表示崇拜。《庄子·逍遥游》：“庖人虽不治庖，尸祝不越樽俎而代之矣。”《庄子·庚桑楚》：“子胡不相与尸而祝之，社而稷之乎。”

② 悬车：致仕。古人一般至七十岁辞官家居，废车不用，故云。汉班固《白虎通·致仕》：“臣年七十悬车致仕者，臣以执事趋走为职，七十阳道极，耳目不聪明，跂踦之属，是以退老去避贤者，所以长廉远耻也。悬车，示不用也。”

③ 解组：组，印绶。解下印绶，谓辞去官职。南梁萧纶《隐居贞白山生陶碑》：“明年遂拜表解职，抽簪东都之外，解组北山之阳。”

④ 讲席：高僧、儒师讲经讲学的席位。亦用作对师长、学者的尊称。《梁书·张缅传》，昭明太子与缅弟子缵书：“文筵讲席，朝游夕宴，何曾不同兹胜赏，共此言寄。”

⑤ 瓣香：古以拈香一瓣，表示对他人的敬仰，称瓣香。宋陈师道诗：“向来一瓣香，敬为曾南丰。”

又一联 代沈子粹作

子粹从宦于鄂，丈归后，常往其家听琴，或与之弈。

自从公游洞庭江汉而归，棋一局，酒一瓢，昨日犹来听琴去；

能随在尽父母师儒之职，民有碑[1]，邑有乘[2]，先生原不藉诗传。

注释

① 民有碑：谓有口皆碑，称颂于民众之中。《续传灯录》："劝君不用镌顽石，路上行人口似碑。"

② 邑有乘：邑谓县，乘谓载事之书。《孟子·离娄下》："晋之乘，楚之梼杌，鲁之春秋，一也。"汉赵岐注："此三大国史记之异名。"邑乘，谓县志。邑有乘，此谓光绪十五年（1889）王湘绮主修《湘潭县志》举人名册中有徐芝。咸丰四年（1854）三月，太平军进攻湘潭，时有居城举人吴棠、徐芝二人与县令曹源守城等记载。

周太师母齐太宜人

太宜人为禹民师之母。

师讳庆恩，由户部主事改官福建宁洋知县。太宜人弃养，予方丁嫡母忧[①]。

教子如严父，为吾师之师；视民如小儿，为众母之母，何意恩将晖报，丧遽星奔，仆马疾驰归，树背空怀萱草荫[②]；

沆瀣而云泥，不宜异者异；寝门而风木，不可同者同，于戏表愧冈阡[③]，悲均屺岵[④]，皋鱼[⑤]能助泣，刺心忍废蓼莪诗[⑥]。

注释

① 丁嫡母忧：《尚书·商书说命上》："王宅忧，亮阴三祀。"后谓遭父母丧曰"丁忧"。妾生的子女称父的正妻为"嫡母"。

② 树背空怀萱草荫：《诗经·卫风》："焉得萱草，言树之北。"背，北堂也。北堂者母之所在也。萱草又名忘忧，俗谓母曰"萱堂"。

③ 表愧冈阡：指宋代欧阳修为父母的墓碑撰写的表文《泷(shuāng) 冈阡表》。阡：墓。

④ 屺陟（qǐzhì）：《诗·魏风·陟岵》："陟彼屺兮，瞻望母兮。"郑玄笺："此又思母之戒，而登屺山而望也。"后因以"陟屺"为思念母亲之典。又借指母亲。

⑤ 皋鱼：周人名。《韩诗外传》卷九载："孔子行，闻哭声甚悲，孔子曰：'驱之驱之，前有贤者。'至则皋鱼也，被褐拥镰，哭于道旁。孔子辟车与之言，曰：'子非有丧，何哭之悲也？'皋鱼曰：'吾失之三矣。少而好学，周游诸侯，以殁吾亲，失之一也。高尚吾志，简吾事，不事庸君，而晚事无成。失之二也。与友厚而中绝之，失之三也。夫树欲静而风不止，子欲养而亲不待，往而不可追者年也，去而不可得见者亲也。吾请从此辞矣。'立槁而死。"后因用作人子不及养亲的典故。

⑥ 废蓼莪（lù é）诗：《诗·小雅》篇名。此诗表达了子女追慕双亲抚养之德的情思。后因以"蓼莪"指对亡亲的悼念。《南齐书·高逸传》："顾欢……母亡，水浆不入口六七日，庐于墓次，遂隐不仕。于剡天台山开馆聚徒，受业者常近百人。欢早孤，读《诗》至'哀哀父母'，辄执书恸泣，由是受学者废《蓼莪》篇，不复讲焉。"

龚封翁

封翁为湘浦[①]侍御之父。侍御以第二人及第，湖湘得榜眼者，实自此始。侍御亡，而封翁亦逝。封翁与予有瓜葛[②]，为人朴实谦和，不以子贵改其常度。

在京华哭侍御，还乡里哭封翁，伤哉两世交情，不及半年成永诀；

盼行子未归来，念文孙未婚宦，留得九原[③]余憾，竟难忍死缓须臾[④]。

注释

① 湘浦：即龚承钧（1832—1874），字春庭，号湘浦，湘潭人。龚承钧为同治二年（1863）癸亥科一甲第二名进士，邑人称龚榜眼。授翰林院编修。官至掌四川道监察御史。四十余岁病逝。

② 瓜葛：《世说新语·排调》："王长豫（悦）幼便和令，丞相（王导）爱恣甚笃。每共围棋，丞相欲举行，长豫按指不听，丞相笑曰：'讵得尔？相与似有瓜葛。'"注引蔡邕曰："瓜葛疏

亲也。”

③ 九原：《礼记·檀弓下》：“是全要领以从先大夫于九原也。”注：“晋卿大夫之墓地”。后因称墓地为九原。又称幽冥，亦谓九泉。

④ 忍死缓须臾：《三国志·魏志·明帝纪》注引《魏氏春秋》：“死乃复可忍，朕忍死待君。”后人用忍死须臾语，谓临终不肯绝气，将死未死留以有待。

罗子鸿邑侯

邑侯名才衎，为政慈惠。

书生面目，慈母心肠，欲知宦迹何如，请试听闾阎歌哭；

百里[1]湖山，千秋俎豆[2]，想见神灵长在，总难忘城郭人民。

注释

① 百里：指邑。

② 俎豆：俎和豆，古代祭祀、宴会时盛肉类等食品的两种器皿，谓祭祀崇奉也。《论语·卫灵公》：“俎豆之事，则尝闻之矣。”

曹门龚宜人 代苏定波作

宜人生一女，既嫁，而宜人旋逝，定波一弟一妾，亦相继而亡。

终温且惠得夫欢，夭桃[①]春嫁，甘蔗秋成，贤哉璋瓦若亲生[②]，最难忘六代江山[③]，画舫从游今不再；

同病相怜惟我甚，篪断[④]霜枯，弦么[⑤]月冷，君也衾裯[⑥]尚无恙，盍亦念故人风雨，晓灯残梦更何堪。

注释

① 夭桃：《诗・周南・桃夭》："桃之夭夭，灼灼其华。"后以"夭桃"称艳丽的桃花，喻少女容颜美丽。

② 璋瓦：典出《诗经・小雅・斯干》："乃生男子，载寝之床，载衣之裳，载弄之璋。乃生女子，载寝之地，载衣之裼，载弄之瓦。"璋是好的玉石，瓦是纺车上的零件。生男孩子叫"弄璋之喜"，生女孩子叫"弄瓦之喜"。

③ 六代江山：东吴、东晋，南朝的宋、齐、梁、陈四朝合称六朝，相继建都南京。

④ 篪（chí）断：《诗经小雅》："伯氏吹埙，仲氏吹篪。"仲为弟，弟亡则谓篪音断矣。埙和篪均是吹奏乐器，常见的吉语有谊笃埙篪、如埙如篪。

⑤ 弦幺（yāo）：陆机《文赋》："犹弦幺而徽急，故虽和而不悲。"古以瑟琴和谐喻夫妇。幺，小也，琵琶第四弦最细故称。弦幺月冷以言妻妾之亡。

⑥ 衾裯（chóu）：裯，短衣。语出《诗·召南·小星》："肃肃宵征，抱衾与裯，实命不犹。"此指被褥床帐等卧具。

欧阳母莫太淑人 代定波作

定波与太淑人之季子季林相善，匏叟[①]在时，闻定波评《通鉴论》，辄于空窾[②]处得其用意，剧赏之曰：“子诚善读船山[③]书者。”

鲰生[④]焉敢望东坡[⑤]，六一翁奖借殷勤[⑥]，谓此子也才，能得船山言外意；

贤母亦知爱公瑾[⑦]，八十载起居存问，痛于今不见，空登孙策道南堂[⑧]。

注释

① 匏叟：欧阳兆熊，曾董理刊刻《船山全书》。

② 空窾（kuǎn）：洞穴。空窾：原意为洞穴，此借指读书于无字处得其妙处。

③ 船山：即王夫之（1619—1692），字而农，号姜斋，人称“船山先生”，衡阳人。明末清初思想家，与顾炎武、黄宗羲、唐甄并称“明末清初四大启蒙思想家”。

④ 鲰（zōu）生：犹小生，多作自称的谦辞。《史记·项羽本

纪》:“鲰生说我曰:‘距关，毋内诸侯，秦地可尽王也。’”

⑤ 焉敢望东坡:《宋史·苏轼传》:轼徙黄州，筑室于东坡，自号“东坡居士”。嘉祐二年（1057），（轼二十二岁），作《刑赏忠厚论》，后以书见欧阳修，修语梅圣俞曰:“吾当避此人出一头地。”以史言之，欧阳修尚避东坡，故予不敢望焉。此切苏、欧阳二姓。

⑥ 六一翁奖借殷勤:《宋史·欧阳修传》:“修始在滁州，号醉翁，晚更号六一居士……超然独骛，众莫能及，故天下翕然师尊之。奖引后进，如恐不及，赏识之下，率为闻人。”

⑦ 贤母亦知爱公瑾:《三国志·周瑜传》，裴松补注:权母曰:“公瑾与伯符同年，小一月耳，我视之如子也，汝其兄事之。”

⑧ 孙策道南堂:《三国志·周瑜传》:“坚子策与瑜同年，独相友善，瑜推道南大宅以舍策，升堂拜母，有无通共。”

再从兄嫂戴宜人

宜人为予再从兄讳莲之室，守节五十年，抚孤成名，孙曾林立。宜人逮事舅姑①，先王父暨诸父皆其所亲见，轶闻琐事，言之甚悉。花石宗祠重新，予建议于寝室之右偏立主，祀贞孝，风励族中妇女，如宜人者，足以当之矣。

从来惟节母贤母多享高年，礼缘义起，报以馨香，涓水有祠堂，祔主先灵无愧色；

每述及大父诸父当时故事，叔也少孤，殷然期望，韩门尚贫贱②，视予再从若同胞。

注释

① 舅姑：丈夫的父母。《仪礼·士昏礼》："质明，赞见妇于舅姑。"

② 韩门尚贫贱：《新唐书·韩愈传》："愈生三岁而孤，随伯兄会贬官岭表。会卒，嫂郑鞠之……成就进士后，往往知名。经愈指授，皆称'韩门弟子'。"

黄母罗孺人

孺人之父被其从子挟嫌溺毙，时孺人甫嫁，随其母控于制府，从子监毙狱中。孺人年至八十有五，其子以铁冶致富，事载《县志·孝女表》。

富如巴妇[①]，寿比冯亲[②]，教子播贤声，今日门楣光邑乘[③]；

孝俪曹娥[④]，勇侪王舜[⑤]，复仇伸大义，当年儿女是英雄。

注释

① 巴妇：《汉书·货殖列传》：“巴寡妇清，其先得丹穴，而擅其利数世，家亦不訾。清，寡妇也，能守其业，用财自卫，不见侵犯。秦始皇以为贞妇而客之，为筑‘女怀清台’。”

② 冯亲：《后汉书·冯勤传》：“勤母年八十，每会见，诏敕勿拜，令御者扶上殿，顾谓诸王主曰：‘使勤贵宠者，此母也。’其见亲重如此。”

③ 邑乘（shèng）：县志；地方志。乘：春秋时晋国的史书。后用以称一般的史书。清方文《禊日同潘舍仲陈襄云金去的饮石牛洞》诗：“君有史才脩邑乘，兹游虽小亦堪传。”

④ 曹娥：《后汉书·列女传》："孝女曹娥者，会稽上虞人也。父盱，能弦歌，为巫祝。汉安二年五月五日，于县江溯涛婆娑迎神，溺死，不得尸骸。娥年十四，乃沿江号哭，昼夜不绝声，旬有七日，遂投江而死。至元嘉元年，县长度尚改葬娥于江南道傍，为立碑焉。"

⑤ 王舜：《后汉书·列女传》："孝女王舜者，赵郡王子春之女也。父子春为兄长忻与其妻同谋杀，舜时年七岁，有二妹。后姊妹俱长，夜中姊妹各持刀逾墙而入，手杀长忻夫妻，以告父墓。"

王钜堂军门①

军门名明山，粤匪初起，即挺身从戎，官至福建提督。家居逾三十年，今上亲政，奉诏图形。为人言语粗鄙，轻脱无威重，然实中兴一名将。

紫光有像②，青史有名③，叱咤变风云，灌夫骂坐④皆奇气；
报国最先，还乡最早，优游美田宅，王翦闲居⑤到暮年。

注释

① 王钜堂：即王明山（1819—1890），字柱堂，又作钜堂，湘潭县云湖桥人。湘军将领，隶杨岳斌，积功至守备。1855 年作战于鹦鹉洲，挫败太平军，又在金口战役中立功，升任游击。1856 年补都司。旋战于湖北黄州、樊山、富池口、武穴，搜索太平军水师，断绝武昌太平军粮道，所向有功，擢副将。1858 年率水师攻陷安徽东流，薄安庆，击毁安庆城外太平军沿江营垒，以总兵记名。1860 年授总兵。1861 年会鲍超、成大吉等部陆师，破赤冈岭太平军营垒。杨岳斌请假回籍，代领其军。以后，因在长江下游协同湘军陆师连陷安徽池州、铜陵、无为州、运漕镇等地，1862 年擢提督。太平天国失败后辞官回籍。1890 年病死。

② 紫光有像：《清史稿·高宗本纪》："乾隆二十六年正月壬寅，紫光阁落成，赐画像功臣并文武大臣。"《清史稿·王明山传》："光绪中，图功臣像于紫光阁，明山与焉。"

③ 青史有名：王明山于光绪十六年（1890）卒，后载《清史稿》卷四百一十。生前《湘军志》《湘潭县志》均有记载。

④ 灌夫骂坐：《史记·魏其武安侯列传》："灌夫，西汉武帝时人，初以勇武闻名，为人刚直不阿，任侠，好饮酒骂人。与丞相田蚡不和，后因在蚡处使酒骂座，戏侮田蚡，为蚡所劾，以不敬罪族诛。"后用以指人借酒发泄心中的不满。

⑤ 王翦闲居：《史记·王翦列传》，王翦代李信击荆，"王翦行，请美田宅园池甚众。……秦始皇二十六年，尽并天下，王氏、蒙氏功为多，名施于后世。"秦灭六国后，王翦闲居，并不饿耶。王明山还乡后，在今湘潭云湖桥火车站侧，购王退圃石牛塘以居之，此宅即王闿运之祖居。

冯咏笙刑部

咏笙，工摺卷，通音律，酷嗜余诗。供职秋曹，赍志以殁，其母刘宜人节孝，托余载入《县志·列女传》中，余正拟报书告慰，而咏笙死矣！时余在船山书院。

雅歌潇洒，京宦清贫，翰墨亦徒工，笔底生花[①]真是梦；

爱诵拙诗，属编佳传，音书无可寄，衡阳有雁竟空归[②]。

注释

① 笔底生花：五代王仁裕《开元天宝遗事·梦笔头生花》："李太白少时，梦所用之笔头上生花，后天才赡逸，名闻天下。"因以"生花笔"喻杰出的写作才能。又《南史·江淹传》："江淹少时，梦人授五色笔，由是文藻日新。"

② 衡雁：衡阳有回雁峰立于江岸，相传雁不过此南飞。

彭宫保玉麟①

宫保以诸生懋著战功，屡辞疆寄，忠清直亮，天下闻知。巡视长江水师，未尝一日官，实未尝一日息也。船山书院其所创建，竹木皆公手植，捐书数万卷。公晚自号“退省散人”。

先声震朔漠②炎荒，疆寄虽辞，边防终赖，谁敢当江海楼船，持节任优游，于今古名臣列传中，创格独新，要不外退省为怀，战战兢兢无坠志；

余力辟东洲讲舍，十年树木，万卷藏书，已非复关山戎马，骑箕③犹眷恋，愿二三豪杰为时出，通经致用，以仰答爱才如命，勤勤恳恳之深心。

注释

① 彭宫保玉麟：即彭玉麟（1816—1890），字雪琴，号退省庵主人、吟香外史，衡阳县人，生于安徽省安庆。清朝著名政治家、军事家、书画家，人称雪帅。与曾国藩、左宗棠并称大清三杰，与曾国落、左宗棠、胡林翼并称中兴四大名臣，湘军水师创建者、中国近代海军奠基人。官至两江总督兼南洋通商大臣，兵部尚书，封一等轻车都尉。

② 朔漠：谓北方沙漠地带。《后汉书·袁安传》："今朔漠既定，宜令南单于反其北庭。"

③ 骑箕：《庄子·大宗师》："傅说得之以相武丁，奄有天下，乘东维，骑箕尾，而比于列星。"注："东维箕斗之间，星经傅说一星在尾上。"今人称仙逝为骑箕。

王季章司马

季章，名序桢，为予居停主人，与予同客左文襄幕中，胸有史书，挥金如土，与予交谊最笃。

三公座上作军咨，豪气压元龙①，湖海归来，顷刻万金能放手；
十载道南②推大宅，幽栖留故燕③，主人焉往，屋梁落月④最伤心。

注释

① 豪气压元龙：《三国志·志·陈登传》：“许汜与刘备并在荆州牧刘表坐，表与备共论天下人，汜曰：‘陈元龙（登）湖海之士，豪气不除。’”

② 道南：南大宅。《三国志·周瑜传》：“坚子策与瑜同年，独相友善，瑜推道南大宅以舍策，升堂拜母，有无通共。”

③ 幽栖留故燕：谓原如紫燕，巢天君屋。《古诗十九首》：“思为双飞燕，衔泥巢君屋。”

④ 屋梁落月：杜甫《梦李白》：“落月满屋梁，犹疑照颜色。”

张伯雄茂才

伯雄，名天骥，清泉人，为船山书院高材生，好作骚体文字，性嗜酒，无日不醉。予方规之，而遽以瘵疾死矣。兼祧[①]两房无子，惟一女，亦同月夭折。先是予以“曹孟德赎蔡文姬”赋题课士，秀才有二语云：“有骏骨千金之奇，无鸿毛一死之恸。”予深赏之，不意竟成谶语[②]也。

摧兰碎玉[③]总由天，骏骨重千金，可怜谶语悲凉，曙后星孤[④]亦同陨；

饮酒读骚何所恨，龙文[⑤]扛百斛，纵使锋芒缺折，土中剑气[⑥]不能消。

注释

① 兼祧（tiāo）：在封建宗法制度下，一个男子同时继承两家宗祧的习俗。兼祧人不脱离原来家庭的裔系，兼做所继承家庭的嗣子。过继曰“兼祧”。

② 谶语：迷信人指将来会应验的话，当时无意中说出，不意日后竟成谶语。《挥麈余话》记载，张步溪中有石，里人号曰：

“团石。”有谶语云：“团石圆，出状元，团石仰，出宰相。”

③ 摧兰碎玉：《世说新语·言语》：“毛伯成既负其才气，常称：‘宁为兰摧玉折，不作萧敷艾荣’。”

④ 曙后星孤：曙，破晓时光。旧言死后仅遗孤女为曙后星孤。《本事诗·休征》：唐·崔曙《奉试明堂火珠诗》云：“夜来双月满，曙后一星孤。”

⑤ 龙文：骏马名。《北齐书·杨愔传》：“愔从父兄黄门侍郎昱特相器重，曾谓人曰：‘此儿驹齿未落，已是我家龙文。’”后常以比喻才华出众的子弟。

⑥ 剑气：宝剑之光芒。常以喻人的才华和才气。

黎佑生①

佑生为文肃公之长子，好大言，不可一世，世亦无可之者，惟予得以敬全其交。佑生官光禄寺署正。

名公之子亦卿材，锋锐不可当，湖海②难容豪士气；

举世忌君惟我爱，善交原有道，泉台③应谅故人心。

注释

① 黎佑生：即黎培敬之长子黎锦缨（1850—1886），号佑生。袭父培敬荫光禄寺署正、太常寺卿，授文林郎，清正一品衔光禄大夫，是胡沁园之胞妹夫。

② 湖海：《三国志·志·陈登传》："许汜与刘备并在荆州牧刘表坐，表与备共论天下人，汜曰：'陈元龙（登）湖海之士，豪气不除'。"

③ 泉台：墓穴。亦指阴间。唐朝骆宾王《乐大夫挽辞》之五："忽见泉台路，犹疑水镜悬。"

秦麓生[1]大令

大令名簧，官浙江慈溪知县，有能名。其先世有名文超者，曾以知县官于浙。予客杭州时，大令觞于阮文达公[2]祠，同揽湖山之胜。大令三子皆才。

种花潘县[3]播循声，治谱[4]旧留贻，与祖同官，合表稽山[5]为奉邑；

置酒阮祠成永诀，束刍[6]增感慕，其人如玉，几家谢树[7]及高门。

注释

① 秦麓生：秦簧（1824—1890），字甲峰，号鹿笙，又作麓生，湘潭人，清同治三年（1864）举人。曾任宁波知府。有《听湘流书屋杂著》四卷，另修有《光绪兰溪县志》。

② 阮文达公：即阮元，字伯元，号云台，仪征人。乾隆己酉进士，改庶吉士，授编修，官至体仁阁大学士，重宴鹿鸣，加太傅。谥文达。有《研经室集》。

③ 种花潘县：晋潘岳为河阳令，民有逋负者，令植桃一株，官为之输。及任满而去，一县皆花，人因号曰“花县”。循声，

指为官有循良之声。清袁枚《随园诗话》卷十："张名开士，字铁伦，杭州壬戌进士，历任有循声。"

④ 治谱：《南齐书·良政传·傅琰》："琰父子并著奇绩，江左鲜有。世云'诸傅有《治县谱》，子孙相传，不以示人'。"后因以"治谱"为称颂父子兄弟居官有治绩之典。

⑤ 稽山：即会稽山，在浙江绍兴东南。宋陆游《沈园》诗之二："此身行作稽山土，犹吊遗踪一泫然。"知县过去称邑宰。

⑥ 束刍：捆草成束。《诗·唐风·绸缪》："绸缪束刍，三星在隅。"《诗经·小雅》："生刍一束，其人如玉。"后世称吊丧礼物为束刍。

⑦ 谢树：《世说新语·言语·第二》："谢太傅问诸子侄：'子弟亦何预人事，而正欲使其佳?'诸人莫有言者，车骑答曰：'譬如芝兰玉树，欲使其生于阶庭耳。'"明冯梦龙《双雄记·赏荷造谋》："若得谢家宝树向此间栽，却不是累世簪缨百福来。"后人以"谢家宝树"喻光耀门庭的子侄。

何某 代作

其与何某之弟同学，何某新婚未久，以七月七日亡。

令弟与周旋，大山小山[①]，第五何曾减骠骑[②]；

双亲同涕泪，今夕何夕，有人不忍望牵牛[③]。

注释

① 大山小山：《梁书·处士传·何胤》："何点字子晳，初胤二兄求、点并栖遁，求先卒，至是胤又隐，世号点为大山，胤为小山。"

② 第五何曾减骠骑：《世说新语·栖逸》："何骠骑弟以高情避世，而骠骑劝之令仕，答曰：'予第五之名，何必减骠骑？'"

③ 牵牛：牵牛星的俗称，隔银河与织女星相对。古代神话以牵牛织女为夫妻，每年七月七日相会。

黎尔民[1]观察

观察名福昌，为樾乔侍御之季子，寿田太仆、友林太守之胞弟，湘阴左文襄公之婿，由江西知县擢浙江道员，非依倚妇翁力也。有《章门[2]留别诗》八首，曾索余和，与余款曲[3]甚深。

乃父有名，诸昆有名，妇翁更有名，大雅本才多[4]，平步天衢[5]，龙跃何曾阶尺木[6]；

秦淮一别，申江一别，西湖又一别，旧游如梦幻，伤心邻笛，骊歌[7]不复和章门。

注释

① 黎尔民：即黎福昌，湘潭人，进士黎樾乔第五子，字培芳，号尔民，三品衔，官江西南昌道。是左宗棠之三女婿，黎福昌娶左孝琳为妻。

② 章门：赣州的别称。其地汉时属豫章郡，故称。宋朝曾巩《送程公辟使江西》："身縻东观愿虽阻，目注章门心岂舍?"

③ 款曲：殷勤酬应。《后汉书·光武帝纪下》："文叔少时谨信，与人不款曲，唯直柔耳。"此谓无应酬之词。

④ 大雅本才多：《汉书·景十三王传》："赞曰：'……夫唯

大雅，卓尔不群；河间献王近之矣。'”

⑤ 平步天衢：指轻而易举地取得了很高的官位。唐朝白居易《浔阳岁晚寄元八郎中》：“虚怀事僚友，平步取公卿。”《汉书·叙传下》：“攀龙附凤，并乘天衢。”

⑥ 尺木：唐朝段成式《酉阳杂俎·鳞介篇》：“龙头上有一物，如博山形，名尺木。龙无尺木，不能升天。”

⑦ 骊歌：告别的歌。南朝梁刘孝绰《陪徐仆射晚宴》诗：“洛城虽半掩，爱客待骊歌。”唐朝李縠《浙东罢府西归酬别张广文皮先辈陆秀才》诗：“相逢只恨相知晚，一曲骊歌又几年。”

黎绍衷景储[1] 大令

大令为樾乔侍御之孙，寿田太仆之子，荫知县，在籍候选，屡应乡试不售[2]。贫甚，患痰气疾，沈顿至年余。其妻陈氏亦殉夫以死，可哀也已。

祖父皆海内闻人，荫子[3]亦清才，始而名场屈抑，既而选牒[4]淹迟，有千条万绪穷愁，二竖膏肓[5]遂沉锢；

伉俪更女中奇杰，殉夫全大节，生也竭力扶持，死也从容慷慨，是烈士孤臣心事，高门[6]诗礼益光辉。

注释

① 黎绍衷景储：湘潭人，承荫知县。进士黎樾乔之孙。黎福畴之子。

②不售：《诗·邶风·谷风》："既阻我德，贾用不售。"引申为考试不中。

③ 荫子：封建时代子孙因先世有功勋而推恩得赐官爵曰"荫"。《隋书柳述传》："少以父荫，为太子亲卫。"

④ 选牒：推荐官吏的公文，委任之意。

⑤ 二竖膏肓：《左传·成十年》："公梦疾为二竖子，曰：

‘彼良医也，惧伤我，焉逃之?’其一曰：‘居肓之上、膏之下，若我何?’医圣曰：‘疾不可为也，肓之上、膏之下，攻之不可，达之不及，药不至焉。’”后人谓疾不可疗曰“二竖膏肓”。

⑥高门：富贵之家也。《史记·孟子荀传》云：“自如淳于髡以下，皆命曰列大夫，为开第康庄之衢，高门大屋，尊宠之。”

又一联 代蔡子庚作

子庚与绍衷为莫逆交[①]，两家儿子又为同门之友。

故家门第宰官身，香火结良缘，雨晦风潇，席研相依又儿辈；
共命鸳鸯连理树，泉台续欢会，琴鸣瑟应，丝萝[②]不必待他生。

注释

① 莫逆交：谓心志相孚之友。《庄子·大宗师》："四人相视而笑，莫逆于心，遂相与为友。"

② 丝萝：菟丝与女萝。《诗·小雅·頍弁》："茑与女萝。"毛传："女萝，菟丝，松萝也。"陆德明释文："在草曰菟丝，在木曰松萝。"后用以泛指藤萝之类的植物。菟丝、女萝均为蔓生，缠绕于草木，不易分开，故诗文中常用以喻婚姻。《古诗十九首·冉冉孤生竹》："与君为新婚，兔丝附女萝。"

翁绶丞寿箓贰尹

绶丞与余过从甚密，身后无子，妇在病中，老母在堂，兄官云南，弟宦山东，俱不能视，含敛可哀也已。

一见便知心，资君兰臭[①]，代我萱苏[②]，情话极绸缪，风雨春灯恒夜半；

九原难瞑目，内有病妻，外无弱息[③]，慈怀谁慰藉，弟兄宦辙各天涯。

注释

① 兰臭：谓气味相投也。《易·系辞上》：“同心之言，其臭如兰。”孔颖达疏：“谓二人同齐其心，吐发言语，氤氲臭气，香馥如兰也。”后因以“兰臭”指情投意合。

② 萱苏：指萱草，谓忘忧之意；苏，指皋苏，困顿后获得苏息，借以解除心中的愁闷。《初学记》卷二七引三国魏王朗《与魏太子书》：“不遗惠书，所以慰沃，奉读欢笑，以借饥渴，虽复萱草忘忧，皋苏释劳，无以加也。”后因以“萱苏”为忘忧释劳之典。

③ 外无弱息：谓无子女。《南史·周盘龙传》：“弱息不为世子，便为孝子。

黎文肃公培敬[①]

以县令入词林[②]，以儒官擢屏翰[③]，以谪臣典刑狱，仍以漕帅移镇封疆，勋名各炳炳烺烺，宠命更重申，问里居病状何如，霖雨慰苍生，岂容安石终高卧[④]；

在昭潭话文字，在岳麓和诗篇，在淮浦定奏章，又在邗沟[⑤]往返书札，意气极勤勤恳恳，感恩并知己，抚旧事伤心欲绝，风尘辞墨授[⑥]，已失钟期不鼓琴[⑦]。

注释

① 黎文肃公培敬：黎培敬（1826—1882），字开周，号简堂。咸丰十年（1860）进士，得二甲第一名（即殿试第四名，称为传胪）。曾国藩在湘办团练时，黎培敬参与了湘军早期的筹备。历任布政使、贵州巡抚、四川按察使、漕运总督、江苏巡抚等。平生为官勤政廉洁，有政声。工诗文、书法。卒谥文肃。有《求补拙斋诗文略》《黎文肃公遗书》等传世。

② 词林：翰林或翰林院的别称。明洪武元年（1368）建翰林院于皇城内，门额“词林”。

③ 屏翰：《诗·小雅》：“之屏之翰，百辟为宪。”《诗·大

雅·板》："价人维藩，大师维垣。大邦维屏，大宗维翰。"后因以"屏翰"比喻国家重臣。谓屏障为镇守一方的官员。

④ 安石终高卧：《晋书·谢安传》："中丞高崧戏之曰：'卿累违朝旨，高卧东山，诸人每相与言，安石不肯出，将如苍生何！苍生今亦将如卿何！'安甚有愧色。"

⑤ 邗沟：邗沟是联系长江和淮河的古运河，又名渠水、韩江、中渎水、山阳渎、淮扬运河、里运河。邗沟南起扬州以南的长江，北至淮安以北的淮河。《水经注》谓之韩江，亦曰溟沟。《左传·哀公九年》："秋，吴城邗，沟通江淮。"

⑥ 墨授：黑色印组也。《汉书·官仪》：邑宰铜章墨绶，秩六百石。

⑦ 已失钟期不鼓琴：《列子·汤问》记载，传说伯牙善鼓琴，钟子期善听音。伯牙所念，钟子期必得之。伯牙鼓琴而志在高山，钟子期曰："善哉乎鼓琴，巍巍乎若泰山。"少选之间，而志在流水，钟子期又曰："善哉乎鼓琴，洋洋乎若江河。"钟子期死，伯牙破琴绝弦，终生不复鼓琴，以为世无足复为鼓琴者。后用"高山流水"比喻知音或知己。

凌母龚太夫人

太夫人为小槎广文[1]之母，小槎官湘潭训导，迎养在署，太夫人日勉以进取。昔慈利朱百玉曾居是官，以“来谂[2]”名其堂，其时母寿逾八十，既而忧归，今扁额犹悬厅事[3]。

壮心千里，冷官[4]聊且赋闲居，慈训板舆[5]安，不觅当归，但求远志[6]；

回首三年，老友曾经怆来谂，贫交绵酒[7]薄，可怜徐稚[8]，又吊林宗。

注释

①广文：唐天宝九年（750）设广文馆。设博士、助教等职，主持国学。明清时因称教官为“广文”，亦作“广文先生”。此处是称湘潭训导凌小槎。

②来谂（shěn）：谓思念。《诗·小雅·鹿鸣之什·四牡》：“岂不怀归？是用作歌，将母来谂。”

③厅事：官署视事问案的厅堂。古作“听事”。

④冷官：地位不重要、事务不繁忙的官职。

⑤ 板舆：古代一种用人抬的代步工具。多为老人乘坐。晋朝潘岳《闲居赋》："太夫人乃御板舆，升轻轩，远览王畿，近周家园。"后因以代指官吏在任迎养父母之词。

⑥ 不觅当归，但求远志：当归、远志，均属药名。《三国志·姜维传》裴松之注引：孙盛《杂记》曰："初，姜维诣亮，与母相失，复得母书，令求当归，维曰'良田百顷，不在一亩，但有远志，不在当归也'。"

⑦ 绵酒：即絮酒。徐稚于家豫炙鸡一只，以绵渍酒中，曝干裹鸡，远地赴吊。

⑧ 徐稚：《后汉书·徐稚传》：郭林宗有母忧，稚往吊之，置生刍一束于庐前而去。众怪，不知其故。林宗曰："此必南州高士徐孺子也，诗不云乎：'生刍一束，其人如玉。'吾无德以堪之。"

又一联 代丽泽堂司事作

小槎以学官为昭潭书院监院。

监总在鸡笼[①]，经义东斋，治事西斋，阴阴桃李[②]列门墙，都罗拜孟母缣机[③]，韦娄纱幔[④]；

奄昏弃乌养[⑤]，板舆来路，灵辆[⑥]归路，袅袅秋风催木叶，直凄入湘山娥瑟[⑦]，汨水婆砧[⑧]。

注释

① 鸡笼：即鸡笼山，在南京市西北。南朝宋文帝开馆于此，使雷次宗聚徒授之。

② 桃李：喻受业门生。《韩诗外传·卷七》："夫春树桃李，夏得其荫下，秋得其实。"

③ 孟母缣机：《列女传·母仪》记载，孟子之母，三迁其居，以教孟子，孟子废学，母断其织，孟子惧，旦夕勤学，遂成名儒。

④ 韦娄（mí）纱幔：（前秦）韦逞母宋氏，家立讲堂，置生员百二十人，隔绛纱幔而受业，号宋氏为"宣文君"。赐侍婢十

人。齐人呼母曰嫈，李贺称母曰阿嫈。

⑤ 乌养：旧言乌鸟反哺，以喻子女奉养父母。

⑥ 灵辆：丧车。《汉书·王莽传》："莽造华盖车，驾六马，为士三百人黄衣帻，车上人击鼓，挽者皆呼'仙'。莽出，令在前，百官窃曰：'此似辆车，非仙物也'。"

⑦ 湘山娥瑟：世传湘水之神曰湘君。屈原《楚辞远游》："使湘灵鼓瑟兮，令海若舞冯夷。"

⑧ 媭砧：屈原《离骚》："女媭之婵媛兮。"旧说"女媭"是屈原的姐姐。女媭亦曰"媭砧"，砧，取捣衣之义。

刘雨苍汝霖孝廉

孝廉与予同辛丑生，同入学，又为己卯同年，与予同入都，生平最嗜酒，无日不饮，饮则必醉，拟以伯伦，实为无忝尔。祖而有子，可以负荷，则又愈于伶子之无闻也。

天生刘伯伦[①]，以酒为名，今古一刹那，有子何须还有寿；

我引周公瑾[②]，登堂拜母，燕齐共奔走，同庚况复是同年。

注释

① 刘伯伦：《晋书·刘伶传》，刘伶，字伯伦。天生刘伶，以酒为名，一饮一斛，五斗解酲。

② 周公瑾：《三国志·周瑜传》："坚子策与瑜同年，独相友善，瑜推道南大宅以舍策，升堂拜母，有无通共。"

谭丽笙[1] 鑫振编修

丽笙工书，以庚辰第三人及第，明年客死杭州。曩寓长沙，夏芝岑廉访娄招君与予诣贾太傅祠，为文酒之会，濯锦坊者，贾祠之所在也。

黄金台[2]畔来作探花郎，彩笔婉游龙[3]，翰苑工书，文章有价；

濯锦坊[4]边偕为词赋客，承尘惊集鹏[5]，才人薄命，今古同悲。

注释

① 谭丽笙：即谭鑫振（1843—1882），字丽生、贡三，衡山县（今衡东县石湾镇泉水村）人。自幼聪慧，才智过人，曾求学石鼓书院。

② 黄金台：燕昭王为纳士建台。此指北京都城。

③ 游龙：言笔走龙蛇形态之夭矫也。《诗经·郑风》：“山有乔松，隰有游龙。”

④ 濯锦坊：李白《上皇西巡南京歌》之六：“濯锦清江万里流，云帆龙舸下扬州。”

⑤ 集鹏：《汉书·贾谊传》：“为长沙傅三年，有鹏飞入谊舍，止于坐隅。鹏似鸮，不祥鸟也。谊既以适居长沙，长沙卑湿，谊自伤悼，以为寿不得长，乃为赋以自广。”

陆蘅斋承宗庶常

蘅斋为余己卯同年，官华容训导。己丑庚寅，联捷成进士，入词垣[①]，可谓得志矣。辛卯春游岭南道，过湘潭，访余话旧，俯仰身世，感喟无端，若落魄江湖间者。余方怪之，即于是冬展墓[②]武林，暴疾以死，乃知其无守气矣。家在长沙，讣至，适其子成婚之夕也，可惨也夫。

一洗寒酸[③]，骤登馆阁[④]，何以旅怀郁郁，翻同失路穷人，知君精气先衰矣；

无端贺吊，近在门闾，剧怜佳偶双双，猝得终天凶问[⑤]，行道传闻亦怆然。

注释

① 词垣：即翰林署。旧称翰林苑曰词垣。蔡肇文："臣昨由省户，擢署词垣。"

② 展墓：省视坟墓。《礼记·檀弓下》："吾闻之也，去国则哭于墓而后行，反其国不哭，展墓而入。"

③ 寒酸：形容贫苦读书人的穷困、窘态、寒酸气。唐朝杜荀

鹤《秋日怀九华旧居》："烛共寒酸影，蛩添苦楚吟。"

④ 馆阁：翰林院的别称。起于宋时。馆者指昭文馆、史馆、集贤院三馆。阁者指秘阁、龙图阁、天章阁等。主要是藏图书经籍及历代御制典籍。居其职者，皆为文学侍从之臣。

⑤ 凶问：死讯；噩耗。《三国志·魏志·王基传》："是岁，基母卒，诏秘其凶问，迎基父豹丧合葬洛阳，追赠豹北海太守。"唐朝杜甫《哭台州郑司户苏少监》诗："羁游万里阔，凶问一年俱。"

袁向亭封翁

封翁为海观树勋[①]大令之父。海观历宰江南剧邑，迎养在署，封翁之先人以孝友闻于里中，今家法尚在也。

嗣君奉庭训为官箴[②]，三千里画桨来迎，饱看江山，优游岁月；

孝友继先人立家法，七十载天弢[③]解脱，富贵寿考，潇洒神仙。

注释

① 海观树勋：袁树勋，字海观，号抑戒老人，湘潭人，入湘军从征捻军，积功以知县用，历任江苏高淳、铜山、南汇、上海知县，后来官至两广总督。

② 官箴：谓百官对帝王进行劝诫。《左传·襄公四年》："昔周辛甲之为大史也，命百官，官箴王阙。"杜预注："阙，过也。使百官各为箴辞，戒王过。"

③ 天弢（tāo）：亦作"天韬"，谓天然的束缚。《庄子·知北游》："解其天弢，堕其天袠，纷乎宛乎，魂魄将往，乃身从之，乃大归乎！"

龚母唐恭人

恭人为海帆太守之室。海帆官宁国知府，恭人随之官，海帆死，其妾饿死以殉，距恭人之殁已十余年矣。

鸿妻荆布[1]老尤光，当年官阁笄珈，佐渤海循良[2]，典宣城雄剧[3]；

燕子楼[4]门春早闭，今日天风环佩，侍云中王母，有霜里婵娟。

注释

① 鸿妻荆布：后汉梁鸿之妻孟光。荆钗布裙，有妇德。后人谓妻曰荆人、荆妻。

② 渤海循良：《后汉·循吏传》记载，龚遂字少卿，山阳南平阳人也。以明经为官，至昌邑郎中令，事王贺。宣帝即位，久之，渤海左右郡岁饥，盗贼并起，二千石不能禽制。上选能治者，丞相、御史举遂可用，上以为渤海太守。

③ 典宣城雄剧：宣城，安徽宣城，谓官宁国知府。元至正二十七年（1367）改为宁国府。1912 年废。雄剧，谓地位重要而事

务繁重。唐朝白居易《答薛苹谢授浙东观察使表》："宜迁雄剧之藩，以广循良之化。"宋朝范仲淹《推委臣下论》："惟清要之职，雄剧之任，不可经授于人。"《明史·林硕传》："会苏州等九府缺，皆雄剧地。"

④ 燕子楼：在今江苏省徐州市铜山区西北隅。相传为唐贞元时，尚书张建封之爱妾关盼盼居所。张死后，盼盼念旧不嫁，独居此楼十余年。

张尧臣云汉太守

太守历任池州、凤阳知府，归田后，诸子皆成立，有入泮①者。卒以癸巳正月七日。

有子万事足，无官一身轻，莼菜秋风②，枌社③久停张翰舫；

春已隔年来，君今何处去，梅花人日④，草堂空寄杜陵诗。

注释

① 入泮（pàn）：谓童子初入学为生员也。学校古称“泮宫”。

② 莼菜秋风：谓辞官归家。《晋书·张翰传》：“（张翰）在洛，见秋风起，因思吴中菰菜羹、鲈鱼脍，曰：‘人生贵得适意尔，何能羁宦数千里以要名爵？’遂命驾便归。”

③ 枌（fén）社：枌榆社的省称。北魏郦道元《水经注·渭水三》：“高祖王关中，太上皇思东归，故象旧里，制兹新邑，立城邑，树枌榆，令街庭若一。”指汉高祖的故里。《史记·封禅书》：“高祖初起，祷丰枌榆。”后泛指家乡、故里。

④ 人日：旧俗以农历正月初七为人日。高适《人日寄杜二拾

遗》："人日题诗寄草堂，遥怜故人思故乡。柳条弄色不忍见，梅花满枝空断肠！身在南蕃无所预，心怀百忧复千虑。今年人日空相忆，明年人日知何处？一卧东山三十春，岂知书剑老风尘，龙钟还忝二千石，愧尔东西南北人！"

饶县尉

县尉喜琴书，大吏皆礼待之，黄绶[①]中有名者也。其妻先一月死，三子皆有文学。

不持五色棒[②]，惟读五车书[③]，明月前身[④]，姓名合配神仙尉；

分携三岛云[⑤]，辞别三株树[⑥]，拈花一笑[⑦]，夫妇同归兜率天[⑧]。

注释

① 黄绶：本意是黄色的印带，有时用来代指俸比六百石以下、二百石以上的官，因为这一级别的官为铜印黄绶。《汉书·官公卿表》："凡吏秩比二千石以上，皆铜印黄绶。"

② 五色棒：《三国志·志·帝纪》："（操）洛阳北部尉。"裴松之注引三国吴人撰《曹瞒传》："太祖初入尉廨，缮治四门。造五色棒，县门左右各十余枚，有犯禁者，不避豪强，皆棒杀之。"后用以喻严刑峻法。

③ 五车书：《庄子·下》："惠施多方，其书五车。"又《古

诗》："要通古今事，须读五车书。"后用来形容读书多，学问渊博。

④ 明月前身：司图空《诗品·洗炼第七》："流水今日，明月前身。"

⑤ 三岛云：即三神山，言神仙所居之山名曰蓬莱、方丈、瀛洲。

⑥ 三株树：唐初文学家王勃和他哥哥王勮、弟弟王勔并有才名，当时文学家杜易简称他们为"三株树"。《新唐书·勃传》："初，勔、勮、勃皆著才名，故杜易简称'三珠（株）树'。"后因作为对别人兄弟的美称。宋代楼钥《王提刑正功挽词》诗："伯仲三珠树，优为一世才。"

⑦ 拈花一笑：佛教语，禅宗以心传心的第一宗典故，包含两层意思：一是指对禅理有了透彻的理解，二是指彼此默契、心领神会、心意相通、心心相印。《五灯会元·佛·迦牟尼佛》："尊在灵山会上，拈花示众，是时众皆默然，唯迦叶尊者破颜微笑。"

⑧ 兜率天：亦称"兜术天"。梵语音译。佛教把天分许多层，第四层叫兜率天。它的内院是弥勒菩萨的净土，外院是天上众生所居之处。后指人死后所登天界。

陈母万太恭人

太恭人为宇初邑侯之母，迎养在署，性极慈仁，不忍闻鞭朴。

贤令君有高堂在堂，喜爱日[①]长，一千里迎奉板舆[②]，正乐闻抚恤饥黎，平反[③]冤狱；

太夫人是众母之母，痛慈云[④]渺，十万户悲歌薤露[⑤]，况曾与受书伏阁[⑥]，下拜升庭。

注释

① 爱日：汉朝扬雄《法言·孝至》："父母自知不足者，其舜乎！不可得而久者，事亲之谓也，孝子爱日。"李轨注："须臾懈于心。"谓子侍奉父母之日为爱日。

② 板舆：古代一种用人抬的代步工具。多为老人乘坐。晋潘岳《闲居赋》："太夫人乃御板舆，升轻轩，远览王畿，近周家园。"后因以代指官吏在任迎养父母之词。

③ 平反：是对过去的冤假错案以及不准确的认识评价做出正确的修改，以还历史一个真实的面目，还当事人一个公正的评

价。《汉书·隽不疑传》："行县录囚徒还，其母则问不疑：有所平反，活几何人?" "平反"是同义复合词，新《辞源》解为：轻重适中叫平，推翻旧案叫反。

④ 慈云：佛教语，犹慈荫也。比喻慈悲心怀如云之广被世界、众生。此谓慈母。

⑤ 薤露：是古代的挽歌。"薤上露，何易晞。露晞明朝还复滋，人死一去何时归?"

⑥ 受书伏阁：同"伏阁受读"，《后汉书·曹世叔妻传》："时汉书始出，多未能通者。同郡马融伏于阁下从昭受读，后又诏融兄续继昭成之。"受书：谓接受文化教育。明《唐顺之户部郎中林君墓志铭》："君讳性之，字帅吾，一川其号，自少受书于主事君。"

胡厚庵布衣

厚庵女为吴蔚芝冢妇[①]，为人孤僻，耽嗜洋药，以乙未立春日客死宜黄县廨中，蔚芝经纪丧事，送归其柩于武陵。

平生冷腹少人知，慨深闺望远，幼子思亲，寒雨响残灯，三春一梦难呼醒；

从古伤心惟客死，幸爱女扶持，外孙侍奉，高风挂雄剑[②]，千里孤魂稳送归。

注释

① 冢妇：嫡长子妇也。《礼记内则》："介妇请于冢妇。"

② 挂雄剑：吴季札挂剑于徐君墓树。《史记》："季札使齐，过徐君，徐君好札剑，口不敢言，札心知之，为使上国未献，还至徐，徐君已死，乃解其剑系之冢树而去，从者曰：'徐君已死，尚谁予乎？'曰：'不然，始我心许之，岂以死背吾心哉？'徐人歌之曰：'延陵季子兮不忘故，脱千金之剑兮挂丘墓'。"

刘髯轩参戎 代蔚芝作

髯轩，新化人，统带金陵防营，与蔚芝为莫逆，谓今之订兰谱者，皆虚伪，因聘蔚芝女为子妇，示亲昵也。殁后家人不讣，越一年之久，始知凶问。果真有子八人，适合高阳之数。

五百年香火前缘[①]，申之以盟誓，重之以昏姻，讵等他臭味差池[②]，漫聊鲁卫[③]，茫茫四海，几见此知心哉！念自予羁薄宦，君领雄兵，时事正须才，方期节钺专征，三箭看天山早定[④]；

二千里乡关噩耗[⑤]，怪在无报书，疑在无讣告，直令我神魂震荡，遍问灵詹，忽忽一期，乃今真绝望矣！悲夫宿草[⑥]将芜，宝刀未挂，死生终异路，惟愿箕裘[⑦]继起，八龙[⑧]得雷雨齐飞。

注释

① 香火前缘：《北齐书神武纪上》："香火重誓，何所虑也。"今谓结盟。

② 臭味差池：《左传·襄公二十二年》："谓我敝邑，迩在晋国，譬诸草木，吾臭味也，而何敢差池。"臭味，同类东西气味相同。差池，谓不齐也。

③ 漫聊鲁卫：《论语·子路》曰："鲁卫之政，兄弟也。"鲁是周朝周公的封国，卫是周公之弟康叔的封国，两国的政治情况也像兄弟一样差不多。因以比喻情况相同或相似。

④ 三箭看天山早定：《旧唐书·薛仁贵传》："寻又领兵击九姓突厥于天山……时九姓有众十余万，令骁健十人逆来挑战，仁贵发三矢，射杀三人，自余一时下马请降……军中歌曰：'将军三箭定天山，战士长歌入汉关。'"后用来泛指略施神威就能夺取敌人的阵地。

⑤ 噩耗：凶信。多指人死的消息。泛指坏消息。

⑥ 宿草：指墓地上隔年的草，用为悼念亡友之辞。《礼·檀弓上》："朋友之墓，有宿草而不哭焉。"

⑦ 箕裘：箕，本义为簸箕。裘，本义为皮衣。《礼记·学记》："良冶之子，必学为裘，良弓之子，必学为箕。"良冶、良弓，指善于冶金、造弓的人。意谓子弟由于耳濡目染，往往继承父兄之业。后因以"箕裘"比喻祖先的事业。

⑧ 八龙：《后汉书·荀淑传》："有子八人：俭、绲、靖、焘、汪、爽、肃、专，并有名称，时人谓之八龙……初，荀氏旧里名西豪，颍阴令渤海苑康以为昔高阳氏有才子八人，今荀氏亦有八子，故改其里曰高阳里。"

杨会三友益军门

军门剿平发捻，历著战功。癸未初夏，予之豫章时，军门屯兵武昌，以舢板送渡汉口。甲午倭寇犯辽，军门拔营前往堵御，行至通州，一病而逝。乙未夏，予重过武昌，距其卒时已四阅月矣。

上马击贼，誓平熏鬻[①]，白龙堆[②]，一病惨彭亡[③]，残月芦沟春黯黯；

送我渡江，并坐鄂君，青翰舫[④]，重来歌楚些[⑤]，武昌柳色晓凄凄。

注释

① 熏鬻（yù）：《汉书·礼乐志》：“图匈虐，熏鬻殛。”注：“熏鬻”是匈奴的别称，此指代日本。

② 白龙堆：沙漠名，在新疆天山南路罗布泊一带。

③ 彭亡：山名，在四川彭山东，山上有彭祖祠，下有彭祖冢。东汉建武十一年（35），岑彭攻公孙述至武阳，宿营于此，述遣刺客杀彭。

④ 并坐鄂君，青翰舫：鄂君子皙，楚王母弟，官令尹。《古诗源·越人歌》序曰："刘向《说苑》鄂君子皙泛舟于新波之中，乘青翰之舟，张华盖。"

⑤ 楚些：《楚辞·招魂》是沿用楚国民间流行的招魂词的形式而写成，句尾皆有"些"字。后因以"楚些"指招魂歌，亦泛指楚地的乐调或《楚辞》。

王麓坡誐孝廉

麓坡与予同典左文襄公书记，举乙酉乡试第一，志大才疏，讫不得展，客死天津，与予潦倒相同，所差愈者得领一解[①]而已。

江南红豆最相思，才调重乌衣[②]，曾偕王俭居莲幕[③]；
枕上黄粱[④]都是梦，香名艳蟾窟[⑤]，较胜吴刚斫桂枝[⑥]。

注释

① 一解：乡试第一名曰“解元”。这里是指王誐得乡试第一名，即解元。王誐（1848—1893），派名王代誐，王闿运堂侄。字佶韵，号麓槃。王闿运对其评价非常高，视为本族中精英人物，一直引以为荣。王誐中秀才后，曾为左宗棠幕僚，后左宗棠因故被弹劾，他受到牵连而被除名。不久参加科举考试，中举人，而且得乡试第一名，即解元。从此名声大噪。后至京津等地，被李鸿章招揽，与洋人一道负责勘探矿务，劳累过度，病卒于天津，年仅四十五岁。有《阙存斋诗词》二卷存世。

② 乌衣：乌衣巷，在金陵，晋时贵族王、谢诸家居此。此以切王姓。

③ 曾偕王俭居莲幕：《南齐书·庾杲之传》：“庾杲之字景行。出为王俭卫军长史，时人呼俭府为芙蓉池。”后称幕宾为莲幕客。

④ 枕上黄粱：《枕中记》：“开元十九年，道者吕翁经邯郸道上，邸舍中设榻施席。俄有邑中卢生亦止邸中……翁乃探囊中枕以授之。生俯首就之，寐中四十年的荣华富贵，崇盛赫奕，一时无比。梦寤见吕翁在旁，主人蒸黄粱尚未熟。”

⑤ 蟾窟：亦蟾宫，谓月也。《避暑录话》：“世以登科为折桂，此谓郗诜对策，自谓桂林一枝也。”后以登科为蟾宫。

⑥ 吴刚斫桂枝：《酉阳杂俎·天咫》：旧言月中有桂，树创随合。人姓吴名刚，西河人，学仙有过，谪令伐树。

王继姜寿荣茂才

茂才年既英妙，才亦恢奇，死之日，老父犹在也。茂才为姜斋后人，故字继姜。

吾所期望子者高，科第亦寻常，请看船山抗南岳[①]；

天胡忍夺君之遽，文章无福命，可怜卜夏哭西河[②]。

注释

① 船山抗南岳：王夫之，号姜斋，明亡，应南明桂王之招，授行人，隐居衡山石船山，筑土室以居，杜门不仕，学者称“船山先生”。

② 卜夏哭西河：原指孔子弟子子夏（别称卜商）在西河丧子而哭瞎眼睛的事。《史记·仲尼弟子列传》：“孔子既没，子夏居西河，教授，为魏文侯师，其子死，哭之失明。”此言父哭子也。

黄母彭太恭人

太恭人为湘乡正斋姨丈之继室，有俭德，生丈夫子三人。姨丈内宦容台，外官边郡，太夫人皆随往焉。自姨丈亡，而湖湘耆旧罕有存者矣。

燕山黔水共驰驱[①]，衣锦又还乡，贵为命妇，俭若寒门，荆布久钦梁德曜[②]；

李益卢纶旧中表[③]，登堂曾拜母，因悼郝钟[④]，倍怀康惠[⑤]，枌榆[⑥]谁是鲁灵光[⑦]。

注释

① 燕山黔水共驰驱：燕山，谓在京官礼部郎中。黔水，谓官贵州铜仁知府。

② 梁德曜：东汉隐士梁鸿之妻孟光，字德曜。夫妻隐居于霸陵山中，以耕织为生。后至吴。鸿为佣工，每食时，光必举案齐眉，以示敬爱。

③ 李益卢纶旧中表：元吴师道《吴礼部诗话》："卢纶与李益中表，唱酬交赞，在大历十才子中号为翘楚。"（据《新唐书·

卢纶传》记载大历十才子中无李益的名字。）李益《赠内兄卢纶》："世故中年别，余生此会同，却将悲与病，来对朗陵翁。"（据此，卢纶是李益的妻兄。）

④ 郝钟：刘义庆《世说新语·贤媛》："王汝南少无婚，自求郝普女。司空以其痴，会无婚处，任其意，便许之。既婚，果有令姿淑德。生东海，遂为王氏母仪……王司徒妇，钟氏女，太傅曾孙，亦有俊才女德。钟郝为娣姒，雅相亲重。钟不以贵凌郝，郝亦不以贱下钟。东海家内，则郝夫人之法。京陵家内，范钟夫人之礼。"后世因以"郝钟"并称，用为妇德贤淑之典。

⑤ 康惠：《宋书·谢灵运传》："灵运东还，与族弟惠连以文章赏会，共为山泽之游。"康惠，即谢惠连与兄谢康乐。比喻兄弟。

⑥ 枌榆：枌榆社的省称。指汉高祖的故里。《史记·封禅书》："高祖初起，祷丰枌榆。"后泛指家乡、故里。

⑦ 鲁灵光：王延寿《鲁灵光殿赋》："自西京未央建章之殿，皆见隳坏而灵光岿然独存。"后人因称硕果仅存之老成人物为"鲁灵光。"

雷震初总兵

震初服阕[①]陛见[②]，简放徐州镇将，卒于金陵。震，初名玉春。

戎装朝见九重天，大将军节钺江淮，项羽台前[③]，坐镇北门司管钥[④]；

猛气纵横三万里，古烈士姓名伯仲[⑤]，张巡传里[⑥]，许同南八作男儿。

注释

① 服阕：《风俗通·十反》：“汝南范滂，父字叔矩，遭母忧……三年服阕，二兄仕进。”古丧礼规定，父母死后，服丧三年，期满除服，称服阕。

② 陛见：谓皇帝召见。

③ 项羽台前：方简放徐州镇将。《史记·项羽本纪》记载，项王自立为西楚霸王，王九郡，都彭城。

④ 北门司管钥：《国老谈苑》：“宋真宗时，寇准镇大名府，北使路由之，谓公曰：‘相公望重，何以不在中书?’准曰：‘主

上以朝廷无事，北门锁钥，非准不可耳。'”比喻事物的重要部分。

⑤ 伯仲：《礼记·檀弓上》：“幼名冠字，五十以伯仲。言至五十则称伯仲之行次以示敬也。”杜甫《咏怀古迹》：“伯仲之间见伊吕，指挥若定失萧曹。”

⑥ 张巡传旦：《新唐书·张廵传》：“安庆绪遣尹子奇攻睢阳，城陷，廵被执，乃以刃胁降，廵不屈，呼曰：‘南八，男儿死尔，不可为不义屈。’南八谓南霁云。”

梁向生

向生以府经历需次金陵，实其原籍也。为诸生拘谨，入仕途不改其常。命长子焕奎从予游，焕奎有隽才，年甫弱冠，已登贤书[①]。

梁伯鸾热不因人[②]，仕宦到家山，跌宕惜无湖海气；
陈仲弓贤而有子[③]，从游奉先令，周旋原在纪群[④]间。

注释

① 贤书：《周礼·乡大夫》："乡老及乡大夫群吏，献贤能之书于王。"后称乡试中举为登贤书。

② 梁伯鸾热不因人："梁伯鸾"即梁鸿，"热不因人"典出《东观汉记》卷十八之《梁鸿传》：梁鸿少孤，以童幼诣太学受业，治礼、诗、春秋，常独坐止，不与人同食。比舍先炊已，呼鸿及热釜炊。鸿曰："童子鸿不因人热者也。"灭灶更燃火。

③ 陈仲弓贤而有子：《后汉书·陈寔传》记载，陈寔字仲弓，有六子，纪、谌最贤。

④ 纪群：陈仲弓子纪、孙群。此处指父子之间的交游。

杨石泉昌浚[1] 制军 代匡策吾作

制军总督陕甘，被议归里，策吾牧秦州，为所器赏。

姬公分陕复明农[2]，邦之司直[3]，王之荩臣[4]，茇舍爱甘棠[5]，名并湘阴左侯柳[6]；

毛义为亲来捧檄[7]，情则感恩，谊则知己，墓门招大鸟，泪堕关西孔子碑[8]。

注释

① 杨石泉昌浚：杨昌浚（1826—1897），字石泉，号镜涵，别号壶天老人，官至浙江巡抚、陕甘总督、闽浙总督。以错判杨乃武与小白菜案件和替左宗棠办理收复新疆的后勤闻名。

② 姬公分陕复明农：周文王姬昌。《史记·周本纪》：“入界耕者皆让畔，民俗皆让长。”

③ 司直：官名，汉武帝元狩五年（前118）置，帮助丞相检举不法之臣。

④ 荩臣：谓忠诚之臣。《诗经·大雅·文王》：“王之荩臣，无念尔祖。”

⑤ 茇舍（bá shè）爱甘棠：茇舍，言军队芟除草莽，即于野

地宿息。指草屋。犹跋涉。甘棠，《史记·燕召公世家》：“召公卒，而民人思召公之政，怀棠树不敢伐，歌咏之，作《甘棠》之诗。”

⑥ 湘阴左侯柳：左宗棠，湘阴人。新疆之役，当时随从左侯的同邑文人陈迪南，赋七绝诗云：“大将筹边尚未还，湖湘子弟满天山。新栽杨柳三千里，引得春风渡玉关。”后新疆有人称该柳为“左侯柳”。

⑦ 毛义为亲来捧檄：《后汉书·列传二十九》：“后汉毛义以孝行称。府檄至，以义为守安阳令，义捧檄而喜，张奉薄之。及义母亡，遂不仕。奉叹曰：‘义往日之喜为亲也。’”

⑧ 泪堕关西孔子碑：《后汉书·杨震传》：“杨震字伯起，少好学，明经博览，无不穷究。诸儒为之语曰：‘关西孔子杨伯起’。后以礼改葬于华阴潼亭。先葬十余日，有大鸟高丈余，集震丧前，俯仰悲鸣，泪下沾地。葬毕，乃飞去。”

陈母黄夫人

夫人为右铭中丞之配，伯严主政之母。

有郝钟礼法，有桓孟风徽[①]，六十年解脱尘缘[②]，仙岛遽来青鸟[③]使；

为重臣良匹，为才人贤母，百万户讴歌壸范[④]，妇女齐簪白柰花[⑤]。

注释

① 桓孟风徽：《后汉书·列女传》："鲍宣妻者，桓氏之女也，字少君。妻悉归侍御服饰，更着短布裳，与宣共挽鹿车归乡里。拜姑礼毕，提瓮出汲，修行妇道，乡邦称之。孟，梁鸿之妻孟光，举案齐眉。

② 解脱尘缘：佛家谓此心自在，解除一切尘累曰解脱。

③ 青鸟：又名三足鸟，传说侍王母旁，后人言使者为青鸟。李商隐《无题》："蓬山此去无多路，青鸟殷勤为探看。"

④ 壸（kǔn）范：《诗经·大雅》："其类为何，室家之壸。"谓妇女的品德规范。

⑤ 白柰花：即茉莉花。《晋书·后妃传下·成恭杜皇后》："三吴女子相与簪白花，望之如素柰，传言天公织女死，至是而后崩。"后因以"白柰"为丧事的饰花。

陈母叶淑人

淑人为汉阳昆臣相国明琛之女，江夏宇初邑侯宝树之配，以暮春之初殁于潭城官廨。

贵为女公子[①]，才堪女侍中[②]，有妫[③]之后必蕃昌，和鸣凤，和鸣凰，黻佩更交辉，元女大姬[④]真内主；

惜落花春归，怅散花人去，一叶如来惊解脱，悼亡诗，悼亡赋，鼓盆宜自遣，种花潘岳[⑤]已中年。

注释

① 女公子：《左传·庄三十二年》："初，公雩，讲于梁氏，女公子观之。谓鲁庄公之女也。"后用为对他人女儿的敬称。

② 女侍中：《北史·京兆王》："叉字伯隽，小字夜叉。叉妻封新平君，后迁冯翊君，拜女侍中。"北朝女官名，相当于二品。

③ 有妫：谓陈姓也。《史记·陈杞世家》："至于周武王克殷纣，乃复求舜后，得妫满，封之于陈，以奉帝舜祀，是为胡公。"《古诗源·懿氏繇》："凤凰于飞，和鸣锵锵，有妫之后，将育于

姜。五世其昌，并于正卿……。”

④ 元女大姬：元女，长女，《左传·襄公二十五年》：“庸以元女大姬配胡公。”

⑤ 种花潘岳：晋潘岳为河阳令，民有逋负者，令植桃一株，官为之输。及任满而去，一县皆花，人因号曰“花县”。潘岳妻死，赋《悼亡诗》二首。

谢芋卿树熿直牧

芋卿，庚辰进士，是年余适入都，极文酒燕游之乐。其后由部曹改官广南，非其好也。死后其篷室周仰药以殉，得旌于朝。君长子登贤书[①]，次子入泮[②]。

我行北道，君捷南宫[③]，趁丰台[④]芍药春阴，寻诗每约谢康乐[⑤]；

诸子成名，一官写意，笑庾岭梅花[⑥]香雪，跨鹤仍携萼绿华[⑦]。

注释

① 登贤书：科举时代称乡试中试为登贤书。明朝袁宏道《寿李母曹太夫人八十序》："献夫高才，早有文誉，而其登贤书也，乃在强仕之后。"

② 入泮：古代学宫前有泮水，故称学校为泮宫。科举时代学童入学为生员称为"入泮"。《醒世恒言·张廷秀逃生救父》："文秀带病去赴试，便得入泮。"

③ 南宫：古称尚书省。谢芋卿在京官部曹，系尚书省内

任职。

④ 丰台：今北京市郊，原为京都种花之所，芍药最盛。

⑤ 谢康乐：《宋书·谢灵运传》："袭封康乐公，食邑二千户。与族弟惠连等以文章赏会，共为山泽之游，时人谓之四友。"

⑥ 庾岭梅花：庾岭即五岭之一的大庾岭，在江西广东交界处。相传汉武帝时，有庾姓将军筑城岭下，故名庾岭。唐张九龄督所属开凿新路，多植梅树，故又名梅岭。郑谷诗："庾岭梅先觉，隋堤柳暗惊。"

⑦ 萼绿华：《真诰·运象》称萼绿。传说中的仙女名，自言是九嶷山中得道女罗郁也。晋穆帝时夜降羊权家，赠权诗一篇，火浣手巾一方，金玉条脱各一枚。李商隐《重过圣女祠》诗云："萼绿华来无定所，杜兰香去未移时。"

陈右铭宝箴中丞

中丞抚湘，奉朝旨力行新政。及康党[①]事发，中丞以保举非人被严谴，禁锢终身。于是湘人群集，矢于中丞，而中丞心固无他，其干济实，亦近今疆吏中所罕见也。以庚子六月卒于里第，时拳匪与洋人为难海上，正兵连祸结不休也。

腐儒[②]议论近来多，独掌高跖远[③]，不主故常，公之心本磊落光明，谤书[④]盈箧夫何憾；

大海风波今又作，问圣伏神徂[⑤]，凭谁扫荡，我所思在封疆将帅，哀泪沾衿讵为私。

注释

① 康党：指曾经参加和赞成康有为等发动维新变法的人。

② 腐儒：迂腐无用的儒生。《周易》：“括囊，无咎无誉。”腐儒之谓也。

③ 掌高跖（zhí）远：按神话，太华、少华本为一山，挡住河水，河神巨灵，用手擘开其上方，用脚踹开其下方，中分为二，使河水不再绕道。常用为开辟之喻。《西京赋》：“高掌

远跖。”

④ 谤书：攻击他人的书函。《战国策·秦二》：“魏文侯令乐羊将攻中山，三年而拔之，乐羊返而语功，文侯示谤书一箧。”

⑤ 圣伏神徂：圣，圣明天子；神，神勇将军。伏、徂，去世。

陶少云桄观察

少云[①]为文毅公之子妇翁，左文襄公其受业师也，文襄在小淹课读八年，未尝更从他师。胡文忠公乃其姊婿，少云之女又为文忠子妇。余馆少云家四年，诸郎皆余弟子。少云豪饮寡言，客腊觞余于心远楼时，适有胶州之衅，当道举行新政，又多措置乖方，少云连酌巨觥，纵谈时事，犹感喟于左、胡二公，盖悲愤者深矣。明春遽以咯血亡。

胡公[②]不作，左相[③]难留，抚事忧时，辄怆念平生师友，旧日信陵门客[④]在，忆去岁酒阑蜡灺[⑤]，犹纵谈并世英雄，哀哉沧海横流[⑥]，热血今当洒何地[⑦]；

宸翰[⑧]摩崖，赐书度阁，令名清福，已修成富贵神仙，高风万石[⑨]故家稀，愿诸郎云起龙骧[⑩]，更继美先臣忠孝，倘得天骄拟绝[⑪]，家祭无忘告乃翁[⑫]。

注释

① 少云：即陶桄（1832—1898），字绍云（少云），湖南安化人，陶澍（陶文毅公）独子，左宗棠婿及门生。娶左宗棠长女

左孝瑜。陶桄曾为湘军筹饷，加按察使衔，授通奉大夫，晋资政大夫。但实际上“终身不仕”，“家居不闻外事，不履公庭，而梓桑利弊多所兴革”。

② 胡公：即胡林翼（1812—1861），字贶生，号润芝，湖南益阳泉交河人，湘军重要首领。抚鄂期间，注意整饬吏治，引荐人才，协调各方关系，曾多次推荐左宗棠、李鸿章等，为时人所称道，与曾国藩、李鸿章、彭玉麟并称为“中兴四大名臣”。1861 年在武昌咯血死，谥号文忠。有《胡文忠公遗书》等。

③ 左相：即左宗棠。

④ 信陵门客：《史记·魏公子列传》：“魏公子无忌，魏昭王少子也。昭王薨，安楚王即位，封为信陵君。食客三千人。”

⑤ 酒阑蜡灺（xiè）：谓饮酒至深夜，蜡烛已熄。李商隐诗：“香灺灯光奈尔何。”

⑥ 沧海横流：《抱朴子·正郭》：“虽在原陆犹恐沧海横流，吾其鱼也，况可冒冲风而乘奔波乎。”谓形势之险恶。比喻时世动乱不安。

⑦ 热血今当洒何地：《明史·于谦传》：“谦性故刚，遇事有不如意，辄拊膺叹曰：‘此一腔热血，竟洒何地。’”

⑧ 宸翰：帝王的墨迹。指道光帝亲书“印心石屋”四字以赐。

⑨ 高风万石：指高官厚禄之家。《史记·万石传》：“万石君名奋，其父赵人也，姓石氏。奋四子皆以驯行孝谨，官皆至二千石。景帝号奋为万石君。”

⑩ 云起龙骧：《汉书·叙传下》：“云起龙襄，化为侯王，割有齐楚，跨制淮梁。”颜师古注：“襄，举也。”唐杨巨源《观打

球有作》诗："亲扫球场如砥平，龙骧骤马晓光晴。"比喻气概威武。

⑪ 天骄拟绝：《汉书·匈奴传》："胡者，天之骄子也。"泛指北方强悍的少数民族。杜甫《诸将》："韩公本意筑三城，拟绝天骄拔汉旌。"意在驱除入侵边境的强敌。

⑫ 家祭无忘告乃翁：陆游《示儿》："王师北定中原日，家祭无忘告乃翁。"

黄公度遵宪[1] 京卿

公度遍历英、法、日、美诸国，留居最久，海外情状，靡不周知，为人性行肫笃，学有根柢，必如此方可出洋，并举行新政也。办事实心，不避劳怨，文艺亦淹洽。与余心契，故知之最深，以诋毁者多，尤不能不为死友辩。著有《日本国志》，议论平正通达，有目共睹，无待余言。

星轺英蕩[2]，经历三万里风波，中学蕴根源，若徒夸矫矫使才，犹为皮相[3]；

日本史书，包括五大洲形势，苦心卫华夏，莫轻听悠悠物论，冤此尸臣[4]。

注释

① 黄公度遵宪：黄遵宪（1848—1905），晚清诗人，外交家、政治家、教育家。字公度，别号人境庐主人，汉族，广东省梅州人，光绪二年（1876）举人，历充师日参赞、旧金山总领事、驻英参赞、新加坡总领事，戊戌变法期间署湖南按察使，助巡抚陈宝箴推行新政。工诗，喜以新事物熔铸入诗，有“诗界革新导师”之称。曾被日本历史学界称为中国“最有风度、最有教养的

外交家”。有《人镜庐诗草》《日本国志》《日本杂事诗》。

② 星轺（yáo）英簜（dàng）：古称帝王使者为星使，使者所乘之车为星轺。宋之问诗：“水府沦幽壑，星轺下紫微。”英簜：邦国之使节，有符节，英簜为同时使用的信物。

③ 皮相：言观外貌也。《史记·郦生传》：“夫足下欲兴天下之大事而成天下之大功，而以目皮相，恐失天下之能士。”

④ 尸臣：主事之臣也。《汉书·郊祀志》记载，汉宣帝时，美阳得古鼎，其铭曰：“王命尸臣。”

沈子粹璠

君为余四十余年老友，生平溺于长生之术，讫用无成，病革，作《别友诗》一章。唐衢[①]善哭，病中尤甚。

问病实难堪，四十年风雨琴尊，握手到今惟有泪；
烧丹虽未就，一万重蓬莱云水，换骨来生定许仙。

注释

① 唐衢：唐诗人。《国史补》："唐衢，周郑客也，有文学，老而无成，唯善哭。每一发声，音调哀切，闻者泣下。"唐·崔涂《声》："韩娥绝唱唐衢哭，尽是人间第一声。"

又一联 代紫谷道人作

由道家术通法家言，清净亦刑名，老子韩非[1]许同传；

以方内人作方外[2]想，古今有生死，秦皇汉武[3]不曾仙。

注释

① 老子韩非：据《史记·老子韩非列传》："老子是道家之祖李耳，无为自化，清净自正。韩非，韩之诸公子也。喜刑名法术之学，而其归本于黄老。"他俩合在《史记·列传第三》（原"老子韩非许同传"，今据杨重子《草堂之灵》而改之）。

② 方外：世俗之外。《庄子·大宗师》：孔子曰："彼游方之外者也，而丘游方之内者也。"

③ 秦皇汉武：秦始皇、汉武帝都以寻求长生不老之仙术而为后人讪笑。

刘星阁启瑞太守

君官贵州仁怀，厅有政声。乞病归田，优游林下者十余载。善辩论，庄谑间作，听者忘倦，近年谈兴大减，知其精气衰矣。与予为莫逆交，见余文字，动辄欣赏，未免阿其所好，所谓“心诚怜，白发元”也。比年感愤时事，恨不速死，闻者第以为激宕之词耳，独余深信之，盖余亦自厌其余生，与君怀抱同也。属纩[①]之余，神识不乱，犹眷眷于余，可感也已。

宦情早倦，归去来乐有田园，笑谑敛谈锋，衰兆于斯见矣！三十年金兰契合[②]，每觉寸心千古，知者惟君，病中犹记岁寒盟，问缟纻联交[③]，四海几人真我友；

时事到今，和战守皆无筹策，鼾声环卧榻[④]，后患尚忍言哉！五大洲轮线纵横，可怜热血一腔，洒当何地，泉下幸留干净土，愿祝宗祈死[⑤]，九原[⑥]避世就先生。

注释

① 属纩（kuàng）：谓用新绵置于临死者鼻前，察其是否断气。《礼记·丧大记》：“属纩以俟绝气。”郑玄注：“纩，今之新

绵，易动摇，置口鼻之上以为候。”今称人之濒死为属纩。

② 金兰契合：谓气味相投也。《易·系辞上》：“同心之言，其臭如兰。”孔颖达疏：“谓二人同齐其心，吐发言语，氤氲臭气，香馥如兰也。”后因以“兰臭”指情投意合。

③ 缟纻（gǎozhù）联交：缟纻，喻友谊深厚。《左传·襄公二十九年》：“（吴公子札）聘于郑，见子产，如旧相识，与之缟带，子产献纻衣焉。”隋朝孙万寿《答杨世子》：“缟纻始云赠，胶漆乃相投。”

④ 鼾声环卧榻：宋朝时，曹彬围江宁，南唐李后主危迫，遣徐铉贡方物，上表以求缓师。铉见太祖曰：“李煜以小事大，如子事父，奈何见伐？”上曰：“尔父子为两家可乎？江南亦有何罪？但天下一家，卧榻之侧，岂容他人鼾睡耶。”后因用以为典，常喻自己的势力范围或利益不容别人侵占。

⑤ 祝宗祈死：《左传·成公十七年》记载，晋范文子反（返）自鄢陵，使其祝宗祈死，曰：“君骄侈而克敌，是天益其疾也。难将作矣！爱我者惟祝我，使我速死，无及于难，范氏之福也。”六月戊辰，士燮（范文子）卒。原是晋大夫范文子祷告上苍，赐他早死。后遂以“祝宗祈死”喻指国难临头，愿赴国难为国捐躯。

⑥ 九原：《礼记·檀弓下》：“是全要领以从先大夫于九原也。”注：“晋卿大夫之墓地。”后因称墓地为九原。又称幽冥、九原或九泉。

又一联 代曹谷荪作

谷荪前年连夭二子，几至丧明，星阁慰且责之，其忧始释。星阁每入城，辄在谷荪家小食，善谈辩，颇喜雌黄[①]人物。

曩年慰藉意难忘，当凄凉愁绝之境，得长者一言[②]，令人胜读逍遥篇[③]，觉海阔天空，胸中块垒[④]化作烟云散；

司牧循良名早著，自归去来兮至今，更巍然重望，就我举行真率会[⑤]，每灯红酒绿，皮里春秋[⑥]成为月旦评[⑦]。

注释

① 雌黄：议论；评论。唐无名氏《〈颜氏家训〉序》："北齐黄门侍郎颜之推，学优才赡，山高海深，常雌黄朝廷，品藻人物。"宋郑景望《蒙斋笔谈·张举》："贺铸最有口才，好雌黄人物。"

② 得长者一言：《汉书·循吏传》："龚遂见宣帝，帝笑曰：'君安得长者之言而称之？'"

③ 逍遥篇：即庄子《逍遥游》："言逍遥乎，物外任天而游无穷也。"

④ 块垒：亦垒块，言胸中不平也。《世说新语·任诞》："阮籍胸中垒块，故须以酒浇之。"

⑤ 真率会：《闻见录》：宋朝时，司马光罢政在洛，常与故老游集、相约酒不过五行，食不过五味，号"真率会"。

⑥ 皮里春秋：《晋书·外戚传》："褚裒字季野，康献皇后父也。桓彝见而目之曰：'季野有皮里春秋'。"言其外无臧否，而内有所褒贬。

⑦ 月旦评：《后汉书·许劭传》："劭与从兄靖俱有高名，好共核论乡党人物，每月辄更其品题，故汝南俗有'月旦评'。"后称品评人物为"月旦评"。

侄女尹氏妇

侄女为余从父兄之女，与余同辛丑生，特小数月耳。儿时同屋，分居东西头。每日晡放学，以小锣招之，锣甫鸣，而侄女至矣。嫁诸生尹东屏，夫亡无子，一季女尚未嫁。

与痴叔同庚，忆儿时嬉戏相招，每以闻声应期约；
惜亡夫无子，有弱女伶俜[①]未嫁，恨难忍死待须臾[②]。

注释

① 伶俜（língpīng）：谓孤单。《古诗为焦仲卿妻作》："昼夜勤作息，伶俜萦苦心。"

② 忍死待须臾：忍死，《三国志·魏志·明帝纪》注引《魏氏春秋》："死乃复可忍，朕忍死待君。"后人用忍死须臾语，谓临终不肯绝气，将死未死留以有待。

周濂浦崇森

过城东洗脚桥，入桥侧一巷，即濂浦所居，宋宾门[1]先生故宅也。出巷口，则予先人之敝庐在焉。两宅之间有池子，予童时常把钓于堤柳之下。今屋屡易主，柳亦无存矣。濂浦生辰为八月初九日，其没以八月初五日。松云，其堂名也。

面城对宇旧比邻，往事话松云，每经过巷口桥头，指点儿时垂钓处；

眉寿[2]称觞迟几日，商音惊薤露[3]，好解脱天弢[4]尘网，视同人世未生前。

注释

① 宋宾门：陈鹏年之外甥。

② 眉寿：《诗经·豳风》："为此春酒，以介眉寿。"旧说眉长是年高的寿征，故曰"眉寿"。

③ 薤露：是古代的挽歌。

④ 天弢：天然的束缚。《庄子·知北游》："解其天弢，堕其天袠，纷乎宛乎，魂魄将往，乃身从之，乃大归乎！"成玄英疏："弢，囊藏也。"

又一联 代王祉庭作

濂浦卒之次日，祉庭犹以问病往。濂浦自谓半仙。

吊者已在门，独惭老友蹒跚，今日方才来问病；

自古皆有死，转喜故人洒脱，一笑居然成半仙。

黄曙轩舒昺征君

曙轩举孝廉方正，朝考一等，生平专宗宋学，主讲河南洛学、明道两书院，在中州最久。归后为求实书院院长，赴院之日，停舟过访，慰问殷勤，不图一叙遂成永诀。

老年旧雨[①]倍多情，出为湘士师，百里暂违，犹驻兰桡[②]来顾我；

海内颓风无正学，独宗河洛[③]派，九州虽广，继登坛席[④]属何人。

注释

① 旧雨：比喻老朋友。杜甫《秋述》：“卧病长安旅次，多雨……常时车马之客，旧，雨来，今，雨不来。”后人就把“旧”和“雨”联用作老朋友讲。

② 兰桡：兰，即木兰，又名杜兰，古用木兰树造船，名曰“木兰舟”。桡，即木桨也。

③ 河洛：黄河与洛水流域，即今河南。河南洛阳系程颢兄弟所居，为宋朝理学发源地。

④ 坛席：除此为坛，坛上设席为座。《后汉书·黄琼传》：“近鲁阳樊君被征初至，朝廷设坛席。”此谓主持书院的人。

匡笃修封翁①

封翁为策吾太守翼之之父，微疾已痊，忽于十一月十日端坐而逝，神明不乱，戒家人勿沐浴，谓生平无污秽之行也。策吾与予有金兰之好，今相距两月，同遭大故。策吾孝养尊荣，而予求沾微禄以逮养而不可得。衅愆山积，愧憾弗如，盖应龙九子群飞而孤望，桓山众鸟异音而同悲，故借诔词以鸣吾哀，虽越礼不恤也。

公能养望作封君，庠序②推为国老，乡里称为善人，清白信平生，竟体芳兰，撒开一笑拈花手③；

我亦同时哭慈母，贫无力致珍馐④，病无缘遇灵药，显扬愧吾友，倚庐冷雨，滴碎三春寸草心⑤。

注释

① 封翁：封建时代因子孙显贵而受封典的人。《儒林外史》第八回："不日高科鼎甲，老先生正好做封翁享福了。"

② 庠序：古乡学之名。殷曰序，周曰庠。《孟子·梁惠王上》："谨庠序之教，申之以孝悌之义。"

③ 拈花手：佛教语，禅宗以心传心的第一宗典故，包含两层

意思：一是指对禅理有了透彻的理解，二是指彼此默契、心领神会、心意想通、心心相印。《五灯会元·佛·迦牟尼佛》：“尊在灵山会上，拈花示众，是时众皆默然，唯迦叶尊者破颜微笑。”

④ 珍馐：珍贵的食物。《后汉书·和帝纪》：“远国珍馐，本以荐奉宗庙。”老子《问邑赋》：“大厦千顷，眠七尺之躯，珍馐百味，不过一饱。”

⑤ 三春寸草心：比喻子女对父母的亲情。孟郊《游子吟》：“谁言寸草心，报得三春晖。”

又一联 代葛获农作

庐山终古属匡家[1]，看老人寿相，居然富贵神仙，心许白莲[2]知，香火不须招入社；

池塘一夜生春草[3]，想兄弟思亲，正在清明时节，梦惊乌鸟唤，风雨何堪泣对床[4]。

注释

① 匡家：殷周时有匡裕兄弟七人结庐于山，因名匡庐，后曰庐山。

② 白莲：晋释慧远与雷次宗等十八人结社于庐山东林寺，修净土之法，因号“白莲社”。时，谢灵运恃才傲物，一见远公，肃然心服，求入净社，远以灵运心杂不许。

③ 池塘一夜生春草：谢灵运《登池上楼》：“池塘生春草，园柳变鸣禽。”传说康乐梦与族弟惠连相会得此佳句。

④ 对床：苏轼《东府雨中别子由》：“对床空悠悠，夜雨今萧瑟。”后谓兄弟叙别。

黄烈女

烈女为诸生楚定唐棣华之女，许字黄笃谊为室。笃谊物故[①]，烈女必欲奔丧，父母不允。谋改适于他族，纳征有日矣，烈女雉经[②]而亡，遗言尸归黄氏，与夫同穴。近今未昏[③]守志，里中屡见，而以身殉夫，则烈女所独也。

作嫔他族礼原宜，乃鸳盟早定，誓不贰天，泉台夫婿视犹生，行矣别爷娘，两髦必嫁卫共伯[④]；

未婚守志世多有，独鱼钥潜扃[⑤]，义拚一死，风雨鬼神惊且泣，烈哉奇女子，百喙难张[⑥]归震川[⑦]。

注释

① 物故：谓病亡。《荀子·君道》："人主不能不有游观安燕之时，则不得不有疾病物故之变焉。"

② 雉经：缢死曰雉经。雉，牛鼻绳也。《国语·晋二》："申生乃雉经于新城之庙。"

③ 未昏：未婚。昏，通"婚"。

④ 卫共伯：《诗经·庸风·柏舟》："共姜自誓也。卫世子共

伯早死，其妻守义，父母欲夺而嫁之，誓而弗许。故作是诗以绝之。”

⑤ 鱼钥潜扃：《芝田录》：“门钥必以鱼，取其不瞑目，守夜之义。”扃，关闭，此谓关锁房门自经。

⑥ 百喙难张：谓纵有百口也很难解释。归震川，即归有光(1507—1571)，字熙甫，别号震川，苏州府昆山人。明朝中期散文家、官员。曾作《妇辨》：“呜呼！纲常与天地终始。而彼一人之喙，欲沉埋贞妇旷世之节，解脱罾凶滔天之罪，吾不知其何心也！作贞妇辨。”

⑦ 归震川：《明史·归有光传》：“归有光，徙居嘉定安亭江上，读书谈道。学徒常数百人，称为震川先生。”

王母彭恭人

恭人为莼甫太守之室。太守曾领军剿陇回，继官平凉知府，恭人皆从焉。太守行谊敦笃，所为挽联工者最多。

伉俪以富贵聪明而寿，才命谁谓相妨哉，内助[1]夙称贤，闻步辇追随，固几经簪珥犒军，瑟琴赞化；

夫君兼德行政事之长，翰墨特其余技耳，悼亡今有作，想断弦凄切，直压倒潘安诗赋，孙楚情文[2]。

注释

① 内助：谓妻也。《三国志·郭皇后传》："在昔帝王治天下，不唯外辅，亦有内助。"

② 孙楚情文：《晋书·孙楚传》："楚除妇服，作诗以示王济，济曰：'未知文生于情，情生于文，览之凄然，增伉俪之重'。"

又一联 代友人作

莼甫蚤岁赤贫，糟糠[1]之情极笃，妇又贤明，主管内政甚有条理。莼甫见年七十有五，相者云："寿可至九十"，故其悼亡诗有云："黄泉有约重相见，待我迟来十五年。"兹取其语翻用之，亦挽联中新颖之句也。

本郝钟[2]礼法，为桓孟[3]劬劳，自从赤手营家，何曾稍被独孤误；

以骑省悼亡[4]，兼漆园[5]任达，但恐白头爽约，不止迟来十五年。

注释

① 糟糠：此谓贫贱结发妻也。《后汉书，宋江弘传》："光武姊湖阳公主新寡，帝令主坐屏风后来，因谓弘曰：'谚言贵易交，富易妻，人情乎？'弘曰：'臣闻贫贱之知不可忘，糟糠之妻不下堂。'"

② 郝钟：《世说新语·贤媛》："钟郝为娣姒，雅相亲重。钟不以贵陵郝，郝亦不以贱下钟。东海家内，则郝夫人之法；京陵

家内，范钟夫人之礼。”

③ 桓孟：《后汉书·列女传》：“鲍宣妻者，桓氏之女也，字少君。妻悉归侍御服饰，更着短布裳，与宣共挽鹿车归乡里。拜姑礼毕，提瓮出汲，修行妇道，乡邦称之。孟：梁鸿之妻孟光，举案齐眉。

④ 骑省悼亡：潘岳官散骑侍郎，故称骑省，曾作《悼亡诗》。

⑤ 漆园：地名，故址在曹州冤句县北。《史记·老子传》：“庄子者，蒙人也，名周。周常为蒙漆园吏。”妻亡作鼓盆歌。此处借指庄子。

陈梅根[1] 上舍

梅根诗卷甚富，能为苦思险语，盖胎息于昌黎、郊、岛[2]者。壬寅应秋试，中秋日出场，与同人赏月赋诗，兴会飙举[3]，饮酒达旦。次日忽以时疾奄化，委蜕[4]之速，一至是耶。梅根性挥霍，身后不名一钱，嘉禾雷筱秋学博[5]为经纪其丧，附身附棺，剧为完备。筱秋为余门人，盖平日笃于风义[6]者也。

诗人不必薄科名，三五夜[7]场屋归来，湖海气[8]诚豪，赏月犹能贾余勇[9]；

秋风容易醒尘梦，一百里家山隔绝，雷陈[10]交有道，殡君莫谓属前因。

注释

① 陈梅根：即陈鼎，字梅根，湘潭人。诗学韩愈，喜为拗僻之词。有《陈姜畲集》十卷。

② 昌黎、郊、岛：即韩愈、孟郊、贾岛，他们之间交谊深厚，而诗句追求奇险。

③ 飙举：形容来势疾速。《盐铁论·世务》：“匈奴贪狼，因

时而动，乘可而发，飙举电至。”

④ 委蜕：虫类蛹化所解脱的外皮，引喻人之死亡。《庄子·知北游》：“孔子非汝有，是天地之委蜕也。”

⑤ 雷筱秋学博：雷飞鹏，字筱秋，号艾室，湖南嘉禾人，光绪癸巳举人，曾历任湖南绥宁、祁阳、湘潭、宜章等府县训导、教谕等职。

⑥ 风义：犹风操、情谊。高适《同卫八题陆少府书斋》诗：“深房腊酒熟，高院梅花新。若是周旋地，当令风义亲。”苏轼《与陈季常书》之十二：“先生笃于风义，至自割瘦胫以啖我，可谓至矣。”

⑦ 三五夜：谓农历十五日夜。《玉台新咏·登颜园故阁》：“高楼三五夜，流影入丹墀。”场屋，谓考场。

⑧ 湖海气：《三国志·志·陈登传》：“许汜与刘备并在荆州牧刘表坐，表与备共论天下人，汜曰：‘陈元龙（登）湖海之士，豪气不除。’”

⑨ 贾余勇：《左传·成公二年》：“齐高固入晋师，桀（举）石以投人，禽（擒）之而乘其车，系桑本焉，以殉齐垒，曰：‘欲勇者贾余余勇。’”言犹有余勇以待售。

⑩ 雷陈：《后汉书·独行传》记载，雷义，陈重二人少与为友，乡里为之语曰：“胶漆自谓坚，不如雷与陈。”

陶子方模制军 代匡策吾作

制军由甘肃监司洊擢两广总督，以疾乞休，奉旨俞允。于九月九日，病终羊城邸舍[①]。策吾由甘改省到粤，两为其属吏，制军薨逝时，策吾先已丁艰[②]回籍。

八州都督[③]拓遗规，帷筹[④]柔远，旄钺[⑤]绥边，有诏许归休，四十年恩礼始终，黄花晚节[⑥]如公少；

两省宾僚叨末座，关陇宣条，海疆随牒，无才答知遇，三千里驰驱感激，白云再想出山难[⑦]。

注释

① 邸舍：府第。刘向《说苑·尊贤》："史鳟邸舍三月，琴瑟不御。"

② 丁艰：旧时称父母丧为丁艰，父丧称"丁外艰"，母丧称"丁内艰"。也叫丁忧。父母死后子女要在家守丧三年，不做官，不婚娶，不赴宴，不应考。《世说新语·仇隙》："王蓝田于会稽丁艰，停山阴治丧。"

③ 八州都督：晋朝陶侃，位至八州都督。

④ 帷筹：谓军帷帐中筹谋。《史记·留侯世家》帝曰：“运筹策帷帐中，决胜千里外。”

⑤ 旄钺（máoyuè）：白旄和黄钺。借指军权。《三国志·后主传》：“五年春，丞相亮出屯汉中。”裴松之注引《诸葛亮集》刘禅三月诏：“今授之以旄钺之重，付之以专命之权。”

⑥ 黄花晚节：宋朝韩琦诗：“莫嫌老圃秋容淡，犹有黄花晚节香。”此谓菊花也，世以老健之喻。

⑦ 白云再想出山难：喻回籍后隐居，无心外室。陶弘景诗：“山中何所有，岭上多白云。”

俞伯钧鸿庆[1]太史

太史充高等学堂总理官，其父鹤皋丈年八十有余，丈亡君亦死。

科第是君家故物，未足为奇，所难者承明[2]既厌，灵寿弥高，鲤庭[3]添桃李新阴，杨嗣复率诸生拜父[4]；

史宬[5]有典册高文，已堪不朽，况重以孝行肫诚，丧容毁瘠，鹏赋在湘江老屋，贾长沙拚痛哭戕生[6]。

注释

① 俞伯钧鸿庆：俞鸿庆，字伯钧，善化人，清光绪十八年（1892）进士，授翰林院编修。曾任湖南高等学堂监督。

② 承明：《汉书·严助传》武帝赐书："君厌承明之庐，劳侍从之事，怀故土，出为郡吏。"入承明庐，指在朝为官。

③ 鲤庭：《论语·季氏》："孔子常独立，鲤趋而过庭。曰：学诗乎？"鲤，孔子之子伯鱼也。后人因称子承父训之所为鲤庭。

④ 杨嗣复率诸生拜父：《新唐书·杨嗣复传》："杨嗣复字继之，父于陵。嗣复领贡举时，于陵自洛入朝，乃率门出生迎，置酒第中，于陵坐堂上，嗣复与诸生坐两序。"

⑤ 史宬（chéng）：即皇史宬，明清两代的档案库。在京师旧皇城内太庙之东南，为明代藏宝训实录处。清因之，尊藏列朝实录暨玉牒。

⑥ 贾长沙拚痛哭戕生：汉朝长沙太傅贾谊，作《吊屈原赋》："又以谪去，意不自得。及渡湘水，为赋以吊屈原。"

又一联 代匡策吾作

清门华胄，大雅[①]愔愔，儤直[②]若登仙，及承明既厌，遽赋归来，又多收桃李新阴，博得鲤庭增一笑；

同榜少年，晨星[③]落落，逢君惊在戚，正哀毁难支，为伤憔悴，更不料椿萱继陨[④]，悄然玉树竟长埋。

注释

① 大雅：称德高而有大才的人。《汉书·景十三王传》："赞曰：'……夫唯大雅，卓尔不群；河间献王近之矣。'"

② 儤（bào）直：官吏连日值宿。王禹《赠浚仪朱学士》："何时儤直来相伴，三入承明兴渐阑。"《唐语林》谓之"伏豹"，亦曰"豹直"。

③ 晨星：早晨之星也，谓人之寥落。晋朝张华《情诗》："束带俟将朝，廓落晨星稀。"

④ 椿萱继陨：古以父称椿庭，母称萱堂，此喻父母相继寿终。

⑤ 玉树竟长埋：《世说新语·伤逝》：庾文康亡，何充临葬云："埋玉树箸土中，使人情何能已已。"

曹锡龄典纯

锡龄为予三十年前旧徒，当时读书在周家大屋。厥后于师门风义颇笃，又屡让财产于兄，可尚也。年届五十，遽以风疾亡。

愿我肯殷勤，忆卅年灯影书声，忍再过道南大宅[①]；

为人敦孝友，将一切名缰利锁[②]，早视同身外浮云。

注释

① 道南大宅：《三国志·周瑜传》："坚子策与瑜同年，独相友善，瑜推道南大宅以舍策，升堂拜母，有无通共。"

② 名缰利锁：缰锁本系马具，亦以为人事相牵之喻。东方朔《与友人书》："不可使尘网名缰拘锁。"

伯笙大侄

伯笙不再娶，其嗣子已立门户，而乃赁宅独居，孤冷淡泊，其性然也。

长我仅六年，少孤多难，交儆[①]坚宗到晚岁，有行窝[②]枯寂如禅，仍与共晨钟暮鼓；

平生无二色[③]，七十老翁，践言同穴推此心，以用世始终一节，必能为义士忠臣。

注释

① 交儆（jǐng）：儆戒；交相儆戒。《国语·楚语上》：“左史倚相曰，唯子老耄，故欲见以交儆子。”

② 行窝：宋人为接待邵雍仿其所居安乐窝而为之建造的居室。《宋史·邵雍传》：“雍岁时耕稼，仅给衣食。名其居曰‘安乐窝’，因自号安乐先生……春秋时出游城中，风雨常不出，出则乘小车，一人挽之，惟意所适……好事者别作屋如雍所居，以候其至，名曰‘行窝’。”后因指可以小住的安适之所。

③ 无二色：指男子不再娶妻，无外遇。

唐柎舫明府 代匡策吾作

策吾牧固原，柎舫宰平凉，颇有强项[①]声，中岁归休，作《柳树堂记》，慕彭泽也。今客死豫章，策吾正在都中过班，分发江南将到苏矣。

关中结友，陇右同官，强项信难为，陶令辞归[②]，柳树有情重话旧；

君泛蠡湖，我游燕市，伤心成死别，江南春早，梅花虽折寄何人[③]。

注释

① 强项：谓刚正不为威武所屈。

② 陶令辞归：晋陶潜辞彭泽县令，作《归去来辞》和《五柳先生传》。

③ 梅花虽折寄何人：南北朝时，陆凯与范晔为友，偶遇谢孚至长安下公文，路经陇头。凯折梅一枝，口占一绝以寄晔："折梅逢驿使，寄与陇头人。江南无所有，聊赠一枝春。"

林舸臣

舸臣喜谐谑，比年多病，不入城市，为人淡于荣利。

曼倩好诙谐[①]，将人间万事，都看作野马尘埃[②]，老病关心惟药裹；

逋仙[③]真洒落，有湖上孤山，早隔绝腥膻世界，浮生一梦付梅花。

注释

① 曼倩好诙谐：《汉书·东方朔传》："东方朔字曼倩，平原厌次人也。……其滑稽之雄乎！朔之诙谐，逢占射复……"

② 野马尘埃：《庄子·逍遥游》："野马也，尘埃也，生物之以息相吹也。"野马者，游气也。

③ 逋仙：《宋史·隐逸传》记载，林逋字君复，结庐西湖之孤山，二十年足不及城市。卒后，赐谥号"和靖先生"。生前有咏梅佳句诗《山园小梅》。

谭云觐钟麟[1] 制军 代匡策吾作

八州坐镇，四裔抗棱[2]，帝许以出处两全，绿野乐归休[3]，五千卷纂业传家，有子首登瀛路夐[4]；

奉命节楼[5]，问安珂里[6]，天胡不慭遗一老[7]，素车来会葬，三十年感恩知己，哭公泪比岘碑[8]多。

注释

① 谭云觐钟麟：谭钟麟（1822—1905），字云觐，号文卿，谥文勤，湖南茶陵人。咸丰进士。历任陕西巡抚、浙江巡抚、陕甘总督、工部尚书、闽浙总督、两广总督，曾镇压孙中山领导的乙未广州起义。1899年告归。是反对变法、因循守旧的顽固派之一。中国国民党元老谭延闿是他的庶出三子。有《谭文勤公奏稿》。

② 四裔抗棱：《东都赋》："目中夏而布德，瞰四裔而抗棱。"抗，振奋之义，神灵之威曰棱。

③ 绿野乐归休：《旧唐书·裴度传》："又于午桥创别墅，花木万株，中起凉台暑馆，名曰'绿野堂'。"

④ 瀛路夐（xiòng）：唐太宗于宫城西作文学馆，置"十八学

士”，当时称选中者为“登瀛洲”。敻，远也。“洲”平声，以“路”仄声代之。

⑤ 节楼：唐宋节度使所居之楼。

⑥ 珂里：对人乡里的尊称。《新唐书·张嘉贞传》：“昆弟每上朝，轩盖驺导盈闾巷，时号所居坊曰‘鸣珂里’。”

⑦ 不慭遗一老：《左传·哀公十六年》：“孔丘卒。（哀）公诔之曰：‘旻天不吊，不慭遗一老。’”不慭，犹言何不。

⑧ 岘（xiàn）碑：《晋书·羊祜传》：“祜乐山水，每风景，必造岘山，置酒言咏，终日不倦。”羊祜死后，“襄阳百姓于岘山祜平生游憩之所建碑立庙，岁时飨祭焉。望其碑者莫不流涕，杜预因名为‘堕泪碑’。”

万母宜人 代季垣作

宜人之子伯任兆莘大令两次办理岳州厘局，与季垣同事浃洽。旋署攸县知县，迎母就养在署。已而署沅陵知县，以洋案得罪，夺官遣戍西蜀。宜人殁，格于例不能奔丧，尤可悲矣。伯任，丰城人。

同舟梦泽有因缘，两番臂助，一点心通，母寿已崇高，又欣逢御板潘安①，愿谒慈颜来下拜；

宝剑丰城②忽摧折，万里投荒③，孤云洒泪，圣怀原悯恻，莫错比绝裾温峤④，似闻恩命许奔丧。

注释

① 御板潘安：御板：御，通“驭”。板，板舆。古代一种用人抬的代步工具。多为老人乘坐。晋潘岳《闲居赋》：“太夫人乃御板舆，升轻轩，远览王畿，近周家园。”后因以代指官吏在任迎养父母之词。

② 宝剑丰城：《晋书·张华传》：“（雷）焕到县，掘狱屋基，入地四丈余，得一石函，光气非常。中有双剑，并刻题：一曰

‘龙泉’，一曰‘太阿’。其夕，斗牛间气不复见焉。”唐朝李群玉《宝剑诗》：“雷焕丰城掘剑池，年深事远迹依稀。”

③ 万里投荒：言遣戍西蜀。黄庭坚诗：“投荒万死鬓毛斑，生入瞿塘滟预关。未到江南先一笑，岳阳楼上对君山。”

④ 绝裾温峤：《晋书·温峤传》：“除散骑侍郎。初，峤欲将命，其母崔氏固止之，峤绝裾而去。其后母亡，峤阻乱不获归葬，由是固让不拜，苦请北归。”后用“温生绝裾”为去意坚决的典故。

王祉庭裕庆①上舍②

君年已七十有八矣，性最孤僻，所居曰“守梅山馆”，自称老鹤，每欲人呼之，人亦未尝呼也。“杜宇苦啼春不应”，乃其最得意之句，其哀怨可知矣。

杜宇苦啼春不应，绝妙好诗，满腹牢骚都写出；

梅花孤冷君能过，自呼老鹤，醉魂傲兀莫轻招。

注释

① 王祉庭裕庆：王裕庆，字祉庭，湘潭人，清咸丰至光绪间在世。通诗文，擅医术。曾客居左宗棠幕府有年，诊治军伍之疾。撰有《疟痢成法》，一作《疟痢成方》《白喉辨证》及《吊脚痧论白喉辨证合刊》，有刻本行世。

② 上舍：宋代太学分外舍、内舍和上舍，学生可按一定的年限和条件依次而升。明清因以“上舍”为监生的别称。

李春舫元善[1]大令

大令官湖湘四十余年，不名一钱，两宰潭邑，有惠政，士民树去思碑。卒年八十有一矣。每与余剧谈时事，悲愤填膺，盖余与君皆恪守旧学，不合时宜，耳目所接，不忍听睹，联尾三句愤激语，实真实语也，然非君亦无以发余之狂言。

公爱潭人，潭人更爱公，岘碑[2]留与后贤看，似此去思，百万金钱莫能买；

我知李侯，李侯亦知我，楚囚空对新亭泣[3]，不如速死，零落山丘[4]何足悲。

注释

① 李春舫元善：李元善，字春舫，枝江人，拔贡，光绪十年署湘潭知县。生平不详，《光绪湘潭县志》有载。

② 岘碑（xiàn）：晋羊祜任襄阳太守，有政绩。后人以其常游岘山，故于岘山立碑纪念，称“岘山碑”。《晋书·羊祜传》：“襄阳百姓于岘山祜平生游憩之所建碑立庙，岁时飨祭焉。望其碑者莫不流涕，杜预因名为堕泪碑。”唐朝李涉《过襄阳寄上于司空頔》诗：“歇马独来寻故事，逢人唯说岘山碑。”亦称“岘

首碑”。

③ 楚囚空对新亭泣：《世说新语·言语》：“过江诸人，每至美日，辄相邀新亭，借卉饮宴。周侯中坐而叹曰：‘风景不殊，正自有山河之异。’皆相视流泪。唯王丞相（导）愀然变色曰：‘当共戮力王室，克服神州，何至作楚囚相对？’”后多用“新亭泪”“新亭泣”“新亭对泣”指怀念故国或忧国伤时的悲愤心情。

④ 零落山丘：曹子建《箜篌引》：“……生存华屋处，零落归山丘，先民谁不死，知命复何忧。”零落：凋零，比喻死亡。指死后埋葬在山丘上。

吕右春

右春以茶为业，光绪辛巳，余游汉皋，右春坚欲代出旅费。二十年来，踪迹甚稀，闻其多病故也。死之明日，其妻殷氏竟以身殉。夫年六十九，妇年五十六，白首同归，可伤尤可敬也。

故知共闾里，到今深悔往来疏，忆当年汉上题襟[①]，同客他乡，独肯殷勤为地主；

老伴在闺房，拚死能消离别恨，看顷刻尘凡脱屣[②]，携归净域，居然眷属是天人。

注释

① 汉上题襟：书名，系唱和之作。《新唐书·艺文态四》，《汉上题襟集》十卷，作者温庭筠、段成式、余知古。

② 脱屣（xǐ）：亦曰脱屩（jù），脱下鞋子进入厅堂。《汉书·郊祀志》："嗟乎！诚得如黄帝，吾视云妻子如脱屣耳。"屣指的是古代用麻、葛等制成的鞋，也可以称作是履。

仲藩二侄

侄于丙午腊月望日终于东安学署，其子锣正谋迎养，辞官而归。余日盼其来，结为老伴，而不料其遽长逝也。

国人戏呼曰圣人，木铎[1]道原尊，即此乡评，足征儒行；

生别遽成为死别，竹林[2]缘太浅，相要岁暮，不共春归。

注释

① 木铎：铎，铃也。《论语·公偷》："天下之无道久矣，天将以夫子为木铎。"喻宣扬教化的人。

② 竹林：`晋竹林七贤，其中有阮籍与兄子阮咸。后遂以竹林喻叔侄。

周畹香祖荫户部主政

畹香性孤冷，庚子拳匪之变，告假而归，遂不复出。屡充邑中善堂董事，至堂则必招余聚谈，然实简默也。病数日即长逝，卒于丁未正月二十一日。

性情幽僻，意态萧疏[①]，戎马返家山，二十年京宦清闲，仕止行藏[②]同寂寂；

笑语无多，招呼最密，风花伤老友，三五夜月华残缺，悲欢离合太匆匆。

注释

① 意态萧疏：神情姿态幽僻。杜甫《天育骠骑歌》："是何意态雄且杰，骏尾萧梢朔风起。"

② 仕止行藏：指出仕或行止。《论语·述而》："用之则行，舍之则藏。"意为被任用就出仕，不被任用就退隐。后遂用"行藏"指行迹、出处。

张文达公百熙[①]

文达薨于京邸，其时雨珊观察甫得中风偏枯之疾，辗转在床者数月，家人讳言之，诡云：“文达将乞假南旋。”故病中犹日盼其弟之至也。文达为管学大臣，余以学堂风气败坏，曾寓书规讽之意，欲改弦更张，为世道人心计，亦为文达计也。乃两年之久，未见复书，知必不以愚见为然。白香山诗云：“忧国朝廷自有贤”，余亦深悔其多事。

百年感辛有[②]，草茅恤纬[③]效愚忠，谁实为之，欲凭大力挽回，不料寄书无暇答；

四海一子由[④]，风雨对床闻旧约，而今已矣，知否元昆卧病，犹盼归帆何太迟。

注释

① 张文达公百熙：张百熙（1847—1907），字埜秋，一作冶秋，号潜斋，卒谥文达。长沙人。同治进士。历任工部、吏部、户部、邮传部尚书等职。张百熙为官三十余年，积极主张变法自强，直言进谏。

② 辛有：春秋时周人，平王时大夫。辛有礼失求诸野。《左

传·僖公二十二年》：平王之东迁也，辛有适伊川，见披发而祭于野者，曰："不及百年，此其戎乎？"

③ 草茅恤纬：草茅，指平民。《仪礼·士相见》："在野则曰草茅之臣。"又《汉书·梅福传》："庙堂之仪，非草茅所当言也。"恤纬，《左传·昭公二十四年》："不恤其纬，而忧宗周之陨，为将及焉。"言寡妇不忧所织之布，而忧国乱，祸将及己。

④ 四海一子由：即苏轼弟苏辙，字子由。《论语·颜渊》："四海之内皆兄弟也。"

翁母方太夫人

太夫人生子四人，亡其二，长君述唐观察官云南开临道，以母老乞归终养，近年在长沙督办捐局，便于省觐。丁未五月初四日旋潭，太夫人即于是日弃养①。

紫诰报春晖，明珠②四照，彩服双嬉③，喜悲正交萦，欲护持堂北寿萱，日冀五丝④能续命；

白云⑤近亲舍，啮指⑥便归，附身无悔，荣华非固有，倘系恋滇南使节，星奔万里剧伤心。

注释

① 弃养：父母逝世的婉辞。谓父母死亡，子女不得奉养。亦泛指尊者、长者死亡。

② 明珠：谓儿。《梁书·刘孺传》："此儿，吾家之明珠也。"

③ 彩服双嬉：彩服，相传老莱子，春秋时楚之贤人，性至孝，着五彩服以娱其亲。双嬉，意指尚存两儿。

④ 五丝：旧时民俗，于端午节以彩丝系臂，云可避灾延寿，亦称续命丝。

⑤ 白云：比喻思亲。《旧唐书·狄仁杰传》：其亲在河阳别业，仁杰赴并州，登太行山，南望见白云飞，谓左右曰："吾亲所居，在此云下。"瞻望伫立久之，云乃行。

⑥ 啮指：晋朝干宝《搜神记》卷十一："曾子从仲尼在楚而心动，辞归问母。母曰：'思尔啮指。'孔子曰：'曾参之孝，精感万里。'"《后汉书·蔡顺传》："顺少孤，养母。尝出求薪，有客卒至，母望顺不还，乃噬其指，顺即心动，弃薪驰归。"李贤注："噬，啮也。"后用"啮指"表达母亲对儿子的渴念和儿子对母亲的孝思与眷顾。

张雨珊祖同[1]观察

观察与余为总角交[2]，朋好中未有先焉者也，咸同之间朝夕聚处。喜填词，词学已成家数。又善于谈论，庄谑间作，听者无不解颐。庚午秋闱[3]后，余与君偕其弟缦笙、野秋共四人，同船溯湘水，登衡岳，为母还香。及归榜发，而野秋中隽矣。君有《湘雨楼画册》，属余题诗者两次，余历叙数十载交情，君深为欣赏。比年余不来长沙，遂相隔绝。及丁未，聘余主讲思贤讲舍，君固旧寓曾文正祠，以为比邻而居，可以朝夕晤语，续多年之坠欢。闻之甚喜，乃不意余来讲舍，而君已得中风偏枯之疾，卧房深邃，眷属咸来，近在咫尺，余讫不获一见，殆缘尽耶！失一老友，悲不自胜。君与余同辛丑生，联语专叙交情，亦即君属题湘雨楼诗意也。

鸠车[4]曾共戏，六十年欢若儿时，词人谈笑富风情，忆岳云画舫，湘雨诗筒，知我亦知君，试问故交谁更早；

鸡黍[5]辄相思，一百里远如天际，老伴招来娱暮景，奈有约结邻，无缘话旧，同庚不同寿，再圆良会或他生。

注释

① 张雨珊祖同：张祖同（？—1905），字雨珊，号狷叟。长

沙人。同治壬戌举人。有《湘雨楼诗钞》。

② 总角交：《诗经·齐风》：“婉兮娈兮，总角丱兮。”古代男女未成年前束发为两结，形状如角，故称总角。此谓髫龄之交欢。

③ 秋闱：科举时代，乡试在八月举行，故称秋闱。方夔诗：“忆昔战秋闱，不复返双轮。”

④ 鸠车：儿童之玩具。《续博物志》：“小儿五岁曰鸠车之戏，七岁竹马之戏。”

⑤ 鸡黍：《论语·微子》：“止子路宿，杀鸡为黍而食之。”今言饷客。

唐兰生树滋观察

观察为悔泉侍御之弟，曾官南雄州知州，邓幼弥乃其甥也。幼弥来讲舍甚密，常道其舅之生平。

官居南越，群将蒟酱奉唐蒙①，海上警常闻，赖镇北门司管钥②；

我望东山，屡共羊昙言谢傅③，渭阳④情最重，忍过西州⑤听哭声。

注释

① 蒟（jǔ）酱奉唐蒙：《汉书·西南夷传》："翻阳令唐蒙，风晓南粤，南粤食唐蒙蒟酱……"蒟酱，一种用胡椒科植物做的酱，味香。

② 北门司管钥：《国老谈苑》："宋真宗时，寇准镇大名府，北使路由之，谓公曰：'相公望重，何以不在中书？'准曰：'主上以朝廷无事，北门锁钥，非准不可耳。'"比喻事物的重要部分。

③ 羊昙言谢傅：谢傅，即晋朝谢安，因高卧东山，世称谢东

山。羊昙是谢安的外甥，《晋书·谢安传》：谢安之甥羊昙“知名士也，为安所爱重。安薨后，辍乐弥年，行不由西州路。尝因石头（石头城）大醉，扶路唱乐，不觉至州门。左右白曰：‘此西州门。’昙悲感不已，以马策扣扉，诵曹子建诗曰：‘生存华屋处，零落归山丘。’恸哭而去。”

④ 渭阳：《诗经·秦风》：“我送舅氏，曰至渭阳。”秦康公送晋文公归国诗。康公为文公甥，渭阳遂为舅氏代称。

⑤ 西州：《晋书·谢安传》：“谢安之甥羊昙，知名士也，为安所爱重。安薨后，辍乐弥年，行不由西州路。尝因石头（石头城）大醉，扶路唱乐，不觉至州门。左右白曰：‘此西州门。’昙悲感不已，以马策扣扉，诵曹子建诗曰：‘生存华屋处，零落归山丘。’恸哭而去。”

胡子威元仪[1] 明经

子威世传家学，又为番禺陈兰浦年丈高足[2]，覃研经术，说义铿铿。比年杜门不出，客至亦不报谢，读书养静，可谓高矣。余与相交三十余年，绝不知其工词，更不闻其能画，今年赠我著书数帙，并写寄填词三十余阕，浑穆高亮，直步白石[3]后尘。其画尤自秘惜，不轻以示人。八月杪许，赠我《秋山平远图》一帧，乃画未至而君死矣。悲夫！君债累甚重，前年得中头采，暴致一万余金，偿清夙逋。有弟四人，早析爨[4]矣，各给以千金，所余遂无几。即此一端，足式薄俗，闻者皆以为难，余尤爱敬之。

经师儒者亦高人，避喧谢客，娱老著书，岁寒冰雪果回春，骤满腰缠[5]，分润能敦门内谊；

意气文章属吾辈，小柬频通，新词屡寄，秋景丹青[6]云赠我，不忘口惠[7]，卧游长梦画中山。

注释

① 胡子威元仪：胡元仪（1848—1907），字子威，号兰茝、

瞻园、南洼牧叟。湘潭县人（今属株洲），清光绪十三年（1887）与弟元直同为拔贡。候选直隶州州判。长于经学，杨树达曾从其学。《湘学略·校经学略》称：“湘潭胡元仪子威始亦校经学生，著书甚众，义宁陈三立伯严以胡与宁乡成君为校经汉宋二学之冠。”

② 高足：即高足弟子。《世说新语·文学》：“郑玄在马融门下，三年不得相见，高足弟子传授而已。”

③ 白石：宋代著名词人姜夔号白石道人。他主张“多看自知，多作自好”，并提出理、意、想、自然四种高妙的观点。

④ 析爨（cuàn）：《聊斋志异·江城》：“我不能为儿女任过，不如自立门户，即烦主析爨之盟。”此谓各起炉灶，分家。

⑤ 腰缠：南朝梁殷芸小说，其一人曰：“腰缠十万贯，骑鹤上扬州。”

⑥ 丹青：《汉书·苏武传》：“虽古竹帛所载，丹青所画，何以过子卿？”后指绘画艺术。

⑦ 口惠：空许人好处，而并无实惠。《礼记·表记》：“口惠而实不至，怨菑及其身。”

陶履谦觐仪[1]舍人

履谦为文毅公之孙，在京供职，因乃翁晚年多病，遂假归侍奉，不复出矣。今夏，余以团扇索书，历久犹未书就，不知其卧病也。遣人走催，阍者[2]亦不言久病，越数日，而讣音至矣。

君才若王公孙[3]，其体弱亦似之，京官践清华，只因侍奉灵椿[4]，未老遽归林下[5]隐；

我年倍曹子桓[6]，尤心伤于逝者，邻居缺存问，颇悔乞书团扇，不情谬向病中催。

注释

① 陶履谦觐仪：陶觐仪，字履谦，号靖生，安化人。陶澍孙，陶桄三子。清光绪十一年（1885）举人。官内阁中书。

② 阍（hūn）者：守门人。

③ 王公孙：《三国志·王粲传》："蔡邕闻粲在门，倒屣迎之。粲至，年既幼弱，容状短小，一座尽惊。邕曰：'此王公孙也，有异才，吾不如也。'"

④ 灵椿：谓父也。五代后周，窦山禹钧五子相继登科。冯道《赠窦十》："燕山窦十郎，教子有义方，灵椿一株老，丹桂五

枝芳。”

⑤林下：指山林田野退隐之处。宋文天祥《遣兴》诗：“何从林下寻元亮，只向尘中作鲁连。”

⑥年倍曹子桓：曹子桓，魏文帝曹丕。《三国志·魏书》：裴松之补注：身有善相人元吕曰：“其寿至四十当有小苦，过是无忧也。”至年四十而薨。年倍曹子桓，此时吴熙应已八十岁。

徐峙云之甲上舍

峙云为王惺原征君[①]之婿，余初交时，征君语余曰："吾婿文采不足，而浑厚有余，子学其浑厚可也。"其后应试，辄相随入场。峙云文思敏捷，作字亦下笔如飞，纳卷必在人先，工则未之许也。生平天真坦率，绝无机心，酒量甚宽，杯勺外别无嗜好。余与张雨老为总角之好，其次则君，乃皆于今年怛化[②]，良足悲矣。

王惺丈称快心婿，生成浑厚近今稀，同辈乐追随，笑诗文白战[③]，速不求工，无町若婴儿[④]，举杯万事浮云淡；

张狷叟[⑤]是总角交，后来结纳惟君早，今年并徂谢，痛嵇阮黄垆[⑥]，邈然何往，通家经累世，挂剑[⑦]空山老树孤。

注释

① 王惺原征君：即王士达（1799—?），字惺原，号仲庵，邑庠生，王闿运堂叔，曾续修王氏族谱，是位宿儒，曾任零陵濂溪书院山长。

② 怛（dá）化：《庄子·大宗师》："俄而子来有病，喘喘然

将死，其妻子环而泣之。子犁往问之，曰：‘叱！避，无怛化’。”后称人之死亡为“怛化”。

③ 白战：徒手作战，比喻作禁体诗，不得用某些常用的字眼。宋欧阳修为颍州太守，曾与客会饮，作咏雪诗，禁用玉、月、梨、梅、絮、鹤、鹅、银、舞、白诸字。苏轼对欧阳修，雪中约客赋诗，禁体物语，于中特出奇丽。诗曰：“当时号令君听取，白战不许持寸铁。”

④ 无町（tǐng）若婴儿：《庄子·人间世》：“彼且为婴儿，亦与之为婴儿；彼且为无町畦，亦与之为无町畦。”注：无町畦，比喻人的言行没有约束。

⑤ 张狷叟：即张祖同（？—1905），字雨珊，号狷叟。长沙人。同治壬戌举人。有《湘雨楼诗钞》。

⑥ 嵇阮黄垆：嵇阮，三国魏嵇康与阮籍的并称。两人诗文齐名，皆以嗜酒、孤高不阿著称。南朝宋刘义庆《世说新语·伤逝》载：“〔王浚冲〕乘轺车，经黄公酒垆下过，顾谓后车客：‘吾昔与嵇叔夜、阮嗣宗共酣饮于此垆……自嵇生夭、阮公亡以来，便为时所羁绁。今日视此虽近，邈若山河。’”后世因用“黄垆”作悼念亡友之辞。

⑦ 挂剑：《史记·吴太伯世家》：“季札之初使，北过徐君。徐君好季札剑，口弗敢言。季札心知之，为使上国，未献。还至徐，徐君已死，于是乃解其宝剑，系之徐君冢树而去。”后作吊唁故交之词。

龚文循世准大令

大令乃湘浦侍御之长子，权汉川县篆，迎养其母至署，未几病亡。

以佳公子，为贤宰官，远迓板舆来，郑国众原亲若母；

别桐乡[①]民，作蓉城主[②]，深为膏兰惜，龚生天遽夺其年[③]。

注释

① 桐乡：朱邑，汉大司农，曾任桐乡啬夫，为民敬信，死后葬于此。

② 蓉城主：《六一诗话》："石曼卿卒后，故人有见之者，恍惚如梦，言我今为仙，所主芙蓉城。"苏轼《芙蓉城》句："芙蓉城中花冥冥，谁其主者石与丁。"

③ 龚生天遽夺其年：《汉书·龚胜传》："死时年七十九岁……有老父来吊，哭甚哀，既而曰：'嗟乎！薰（即兰）以香自烧，膏以明自销，龚生竟夭天年，非吾徒也。'"

龚母文恭人

恭人为湘浦侍御之室。咸丰初元，侍御为诸生，以避寇，挈眷寓居于青石冲文宅，其妇家也。余时亦避寇乡居，距文宅三里而近，频相过从。其后，侍御之子文循官汉川知县，之官未久即卒，恭人忧郁成疾亦逝。

与侍御避寇邻居，当年青石山庄，频窥甥馆[①]；

有宰官化凫飞去[②]，今日白云[③]亲舍，同入仙乡。

注释

① 甥馆：《孟子·万章下》：“舜尚见帝，帝馆甥于二室。”后因谓赘婿所居之室曰“甥馆”。

② 化凫飞去：《后汉书·方术传》：“王乔为叶令。乔有神术，每月朔望，常自县诣台朝。帝怪其来数，而不见车骑，密令太史伺望之。言其临至，辄有双凫从东南飞来。”后以“凫飞”谓县令去官。刘克庄《送薛明府》诗：“只恐凫飞后，民间事事新。”

③ 白云：比喻思亲。《旧唐书·狄仁杰传》：其亲在河阳别业，仁杰赴并州，登太行山，南望见白云飞，谓左右曰：“吾亲所居，在此云下。”瞻望伫立久之，云乃行。

汪镜青概太史

太史长沙人，曾充顺天乡试同考官，见总理求忠学堂，在思贤讲舍谈艺两次，又以府学宫举行八佾，聚议者数焉。

珂里[①]接清谈，讲舍诗文，黉宫[②]礼乐；

玉堂[③]延雅誉，京闱衡鉴[④]，乡校范模。

注释

① 珂里：对人乡里的尊称。《新唐书·张嘉贞传》："昆弟每上朝，轩盖驺导盈闾巷，时号所居坊曰'鸣珂里'。"

② 黉（hóng）宫：谓学校。《续轩渠集·踏莎行》："郡国兴贤，黉宫课试，书生事业从今始。"

③ 玉堂：唐宋以后，称翰林院为玉堂。苏易简为学士，宋太宗书"玉堂之署"四字以赐。

④ 京闱衡鉴：京城科举考试会场。衡鉴，衡量鉴别考生才学。

皮鹿门锡瑞[1] 孝廉

盛业许藏山，于今古文尚书[2]，尤推绝学；

清言妙霏玉，有魏晋人排调[3]，不堕元虚[4]。

注释

① 皮鹿门锡瑞：皮锡瑞（1850—1908），字鹿门，一字麓云，湖南善化（今长沙）人。举人出身。三应礼部试未中，遂潜心讲学著书。他景仰伏生之治《尚书》，署所居名“师伏堂”，学者因称之“师伏先生”。

② 古文尚书：据《皮鹿门年谱》记载，他著述颇多，其中有《古文尚书冤词评议》二卷，《尚书古文疏证辨证》一卷等古文尚书专著。

③ 排调：《世说新语》：有排调篇，多收嘲戏调笑之词。

④ 元虚：即玄虚，避康熙玄烨之讳，以“元”代“玄”。道家称玄妙虚无的空道理。如魏晋时何晏、王衍等的清谈。

笠云芳圃上人[1]

光绪丁未，余主讲思贤讲舍，与上人比屋而居，晨夕过从，篇翰唱酬，支许[2]无此乐也。上人能诗，尤工书，为东南贤士大夫所推重，而性行高洁，绝口不道贵交。年逾七十，惟文字结习犹存，故名心未尽耳，尝以是规，欣然领受。盖上人能直言于友，故乐闻友之直言，余益爱敬之。昨遣使存问，病已笃，而犹眷眷于余，并约秋凉来寓其寮以续坠欢，乃不数日，而惊闻圆寂矣。高僧难得，岁暮益孤恻，然酸怀非诔可罄，区区联语曾何足云。所冀神识长莹，不遗臭味[3]，则三生石上[4]犹有精魂，十二因缘[5]岂无会合？然而邈矣！呜呼！

成佛岂无慧业[6]，出家尚有名心，亦知文字障难空，试听暮夜钟声，诗境何如禅境味；

我犹带水拖泥[7]，君已拈花种果，可惜邻居缘太浅，惟祝灵山[8]香火，来世无忘前世因。

注释

① 笠云芳圃上人：笠云和尚（1837—1908），名芳圃，俗姓陈，江苏省江宁县人。出家于长沙县黎仙寺，擅长诗歌和书法。

清同治十一年（1872），任长沙麓山寺住持。见廖树衡与王闿运《游沩山诗》依韵奉和，王闿运甚为推重曰："和尚压倒廖、王矣！"笠云在光绪十一年（1885）任长沙上林寺住持，次年参加王闿运在长沙开福寺建立的碧湖诗社。

② 支许：晋高僧支遁和高士许询的并称。两人友善，皆善谈佛经与玄理。

③ 臭味：谓气味相投也。《易·系辞上》："同心之言，其臭如兰。"孔颖达疏："谓二人同齐其心，吐发言语，氤氲臭气，香馥如兰也。"后因以"兰臭"指情投意合。

④ 三生石上：在浙江杭州下天竺寺后山。《甘泽谣》：唐，李源与圆观善，圆观将亡，约十二年后杭州天竺寺相见。源后诣余杭赴约，有牧歌曰："三生石上旧精魂，赏月吟风不要论。惭愧情人远相访，此身虽异性长存。"

⑤ 十二因缘：佛教以无明、行、识、名色、六入、触、受、爱、取、有、生、老死为十二因缘。王勃《武都山净慧寺碑》：三千法界，由广位而出无明；十二因缘，自普济而登彼岸。

⑥ 慧业：《南史·谢灵运传》："太守孟凯事佛精恳，而为灵运所轻，常谓凯曰：'得道应须慧业，丈人生天当在灵运前，成佛必在灵运后。'"

⑦ 带水拖泥：即拖泥带水，喻不干脆利落。《沧浪诗话》："语贵脱洒，不可拖泥带水。"

⑧ 灵山：释家以灵鹫山为灵山。《传灯录》：释迦牟尼在灵山会上，手拈一花示众，迦叶见之，破颜微笑。

曾母谢太宜人

太宜人寿至九十有二，无疾而终，时长君洪章年亦七十有三矣。每年八月必走诣南岳，为母祈寿，生平笃于孝友，凡所以慰母心者无弗至，余深敬异之。太宜人长先母一岁，而先母亡已七年，寿之不如，实由养之不逮，每一抚躬所读之圣经贤传安在，而世辄目之为读书人，噫，愧死矣！故书此自疚，以慰洪章，并以勉今之年少翩翩身列士林者。

有慈母躬完四行[①]，寿而考终，鹤算[②]本难齐，痛阿婆[③]忽忽杯桊[④]，不能感动神明，同乞延年药；

得贤子色养百龄，友以全孝，鲰生[⑤]固多愧，愿今日青青衿佩[⑥]，慎勿抛荒[⑦]根柢，自命读书人。

注释

① 四行：《后汉书·吴佑传》："以光禄四行，迁胶东相。"注：《汉官仪》曰："敦厚、质朴、逊让、节俭也。"

② 鹤算：古人以鹤为长寿之鸟。后因以鹤算，鹤寿祝人长寿之词。

③ 阿婺（mí）：李贺称母曰“阿婺”。见李义山《李贺小传》。清梁山舟学士挽甥联句有“不许阿婺学李贺。”

④ 杯桊（juàn）：木制的饮器。亦作杯圈。《礼记·玉藻》：“母没而杯圈不能饮焉，口泽之气存焉耳。”言思念亡母。

⑤ 鲰生：犹小生，多作自称的谦辞。

⑥ 衿佩：《诗经·郑风》：“青青子衿，悠悠我心……青青子佩，悠悠我思。”又《颜氏家训·书证》：“古者斜领下连于衿，故谓领为衿。”因青衿为学子所服，故称秀才为青衿。

⑦ 抛荒：已垦的田地因天灾人祸而废弃不种。《尚斋集·荒田行》：“荒田积草如人长，熟田近年亦抛荒。”此言学业荒废。

又一联 代作

祷仙山仙药乞延龄，婴儿嬉披彩服，孺子泣抚杯棬，侍奉垂百岁而终，七十高年始称老①；

率诸弟诸男同养志，得内助慎蒸梨②，戒远游免啮指，雍睦至一门无间，古今大孝允传家。

注释

① 七十高年始称老：《后汉书·胡广传》："广时年已八十，继母在堂，朝夕瞻省，傍无几杖，言不称老。"李贤注引《礼记》："夫为人子者，恒言不称老。"

② 蒸梨：煮野菜。《白虎通·谏诤》传曰："曾子以其去妻，蒸梨不熟问曰：'妇有七出，不蒸亦预乎'？曰：'吾闻之也，绝交令可友，弃妇令可嫁也。蒸梨不熟而已，何问其故乎'。"古传孔子弟子曾参因其妻蒸藜不熟而出之。见《孔子家语·七十二弟子解》及汉班固《白虎通·谏诤》。后人用以指代妇人的过失或作出妻的典故。时多误"藜"为"梨"。

余母许太夫人

太夫人为尧衢肇康[①]方伯之母。尧衢由江西布政使入为法部左丞，见监修粤汉铁路，故有轨道之语。太夫人寿至九十有一，与先妣同以嘉庆戊寅年生，曾赏彩缎二匹，并赐“乐善好施”四字。

太夫人与先母同年，得哲嗣为达官大家，遂令一介书生，惭亏孝养；

圣天子谓阿婆老福，赐上寿以奎章[②]云锦，直遍九州轨道，叹美荣哀。

注释

① 尧衢肇康：余肇康（1854—1930），字尧衢，号敏斋，长沙县人。清光绪十二年（1886）进士，任汉阳知府，湖南粤汉铁路总公司坐办、总理，主持修筑长株段铁路。辛亥革命后，迁居上海。余肇康与湖南巡抚岑春煊及其他在籍官绅瞿鸿禨、王闿运、王先谦、谭延闿等交往密切，有日记留存于世。

② 奎章：皇帝所书之字。《程史》：山南有万杉持寺，本仁皇（宋仁宗）所建，奎章在焉。

朱倬夫卓英[1] 编修

君云性懒不求名，惜内外绝妙聪明，乃甘作闲人而老；

我以趣殊难出话，幸彼此周旋淡漠，竟成为君子之交。

注释

① 朱倬夫卓英：朱卓英（1842—1909），字倬夫。湘潭县杨嘉桥人。光绪二年（1876）丙子恩科会试，得贡士第七名，殿试登进士二甲第十七名。同年五月改庶吉士。光绪三年（1877）四月，散馆，授翰林院编修。

以下祠庙联附：

洞庭君祠联

乌有先生好大言[①]，问谁能吞尽云梦？想管领八百重湖，君其人矣；

龙迎神女[②]为良匹，请更听空中玉笛，忽吹出三分明月，客亦仙乎。

注释

① 乌有先生好大言：司马相如《子虚赋》乌有先生曰："是何言之过也，足下不远千里，来贶齐国……何名为夸哉……吞若云梦者八九于其胸中，曾不蒂芥。"

② 龙迎神女：即洞庭龙女事，出自李朝威的《柳毅传》，洞庭龙王之女名三娘，曾下嫁泾河小龙，由于夫妻感情不睦，被贬在泾河岸旁牧羊。书生柳毅路过泾河，见三娘哭泣，遂问其故，于是受三娘致信相托，柳毅千里传书，入见洞庭龙王。三娘叔父钱塘君闻情大怒，率兵除去泾河龙族，救返三娘。后柳毅与三娘喜结良缘。

郭氏墓庐联

其祖为元考功郎，元亡，不仕于明。

当元明鼎革之交，为隐士，为遗臣，两朝玉步已频更①，陵谷沧桑，骸骨幸留抔土在；

念水木本源②所系，有墓庐，有绰楔③，千古碑文终不灭，人民城郭，精灵应认故山归。

注释

① 玉步已频更：取“改步改玉”之义，原谓改变步武，更改佩玉，使符合臣制。后称改变制度或改朝换代为“改玉改步。”

② 水木本源：即木本水源，谓树之根本，水之源头，以示推本溯源之意。《左传·昭公九年》：“我在伯父，犹衣服之有冠冕，木水之有本源，民人之有谋主也。”

③ 绰楔：亦作“绰削”，亦作“绰屑”，古时树于正门两旁，用以表彰孝义的木柱。后因称旌表为绰楔。

华仙祠联

仙即汉之华元化①也，江西省城有祠，屡著灵异。甲申，予客南昌，病瘘，医者佥以为虚，投以补剂，乃益加剧。平江黄舜邻农孝廉为予祷于祠神，示以签命，服凉药，实合《内经》之旨，依立一方，遂得痊复。乃叹灵素之不可不读，而神之有灵也。谨撰一联，以志钦感。

祢衡一鹗②，祸在矜才，胡我公活人，而亦罹此酷也？狱吏太无知，恨未收几卷遗书，长留天地；

吴普五禽③，行之大效，岂后生数典，敢或失其传耶？户枢终不蠹，窃愿保百年却病，便是神仙。

注释

① 华元化：华佗字元化，沛国谯人也。为曹操针治头风，随手而愈。后因迟迟不肯奉召，被杀。死前以医书数卷授狱吏，吏畏法，不敢受，烧之。

② 祢衡一鹗：《文选·孔融·荐祢衡表》："鸷鸟累百，不如一鹗。"此喻人累百不如一祢衡也。

③ 吴普五禽：《三国志·魏书》："广陵吴普，从华佗学。佗语普曰：'吾有一术，名五禽之戏，一曰虎，二曰鹿，三曰熊，四曰猿，五曰鸟，亦以除疾，并利蹄足，以当导引。'"

花石宗祠联

我花石吴氏，以自江西迁湘潭者为始祖，传至熙十有四世矣。近日士人行身，每病识陋量狭，窃悲族中子弟局于气习，故对幅及之。

远哉原自豫章来，记曾辞九派水、就九面峰，田宅立根基，才勉成诗礼清门、涓湘著姓；

贤者毋为风气囿，所愿读万卷书、行万里路，海天恢局量，莫徒博少年科第、乡曲声名。

白鹤山庄心远楼联

楼主人为安化陶君少云，楼名取靖节①“心远地偏”之句。乃翁文毅公②文督两江时，宣庙亲书“印心石屋”四字以赐，文毅摩于岳麓，覆之以亭。楼三层，登其上，岳麓见焉。主人索联，撰书以赠。

宸翰③赐宗臣，仰隔江万仞峰巅，宝气奎光烛霄汉；

山居称宰相④，约嘉客三层楼上⑤，琴歌笙吹答松风。

注释

① 靖节：《南史·隐逸传》：“陶潜字渊明，元亮。世号靖节先生。”

② 文毅公：即陶澍，字子霖，号云汀，湖南安化人。嘉庆壬戌进士，改庶吉士，授编修，官至两江总督，加太子少保衔。赠太子太保，谥文毅。有《印心石屋集》。

③ 宸翰：帝王的书迹。清朝道光皇帝亲书“印心石屋”四字。

④ 山居称宰相：这里的宰相是指陶弘景，此切陶姓，以喻庄

主。《初潭集》卷之十一记载，陶贞白隐茅山，武帝每有征讨大事，辄先咨访，时谓“山中宰相”。

⑤ 三层楼上：《梁书·处士传》：“陶弘景，字通明，丹阳秣陵人也。永元初，更筑三层楼，弘景处其上，弟子居其中，宾客至其下，与物遂绝，唯一家童得侍其旁。”

又一联

园中构一船，房榜曰“瀞舫”。

主人是簪笏[1]名流，无限诗情，多寄在石屋苍松、云天白鹤；

瀞舫有江湖胜概，好乘酒兴，更饱看平台皓月、高阁遥山。

注释

① 簪笏：冠簪和手版。古代笏以书事，簪笔以备书。臣僚奏事，执笏簪笔，即谓簪笏。比喻官员或官职。

左文襄公祠联 代黎芋生作

文襄出处高超，出即为巡抚，虽藩臬[1]亦非其所好也，芋生乃其外孙。

河山带砺[2]永酬庸，学比武乡侯[3]，傥非征召频仍，羽扇纶巾[4]原不出；

风雨神灵恍来告，才惭杨子幼[4]，即以文章传授，龙门史笔[6]已难窥。

注释

① 藩臬：藩司和臬司。明清两代的布政使和按察使的并称。藩台，又称布政使，主管一省人事与财务。臬台，主管一省刑名按刻边塞画。

② 河山带砺：《史记·高祖功臣侯者年表序》："封爵之誓曰：'使河如带。泰山若砺，国以永宁，爰及苗裔。'应劭曰：'带，衣带也；砺，砥石也。河当何时如衣带，山当何时如砺石，言于带砺，国乃绝耳。'"

③ 武乡侯：《三国志·诸葛亮传》记载，诸葛亮，字孔明，

琅邪阳都人也。建兴元年（223），封亮武乡侯，开府治事。

④ 羽扇纶巾：武乡侯，乘素舆葛巾，持白羽扇指麾，三军随其进止。

⑤ 才惭杨子幼：外孙之谦辞，《汉书·杨恽传》："恽母，司马迁女也。恽始读外祖太史公记，颇为春秋。"

⑥ 龙门史笔：《史记·太史公自序》："迁生于龙门，耕牧河山之阳。"龙门即韩城龙门山，后因以龙门为司马迁的别称。史笔，史官直言记叙历史的笔法。

天妃庙联

神之名氏无可考，相传职司种痘。

道悟未生前，想人身包孕胚胎，后来苦毒侵寻，都隐伏在混沌无知时候；

恩推及人幼，仗神力保全性命，过此弱龄危险，方长成作峥嵘特立男儿。

平江洞庭君祠联 代凌小槎作

小槎为母病祷于神，不效，仍以联语塞祷。汨水，经过平江也。

梦泽[①]如君乃许吞，想主张风月、雄长湖山，岿然汨水建祠堂，好经过渔父江潭，三闾[②]遗庙同时祭；

小人有母今安在？痛丹药难求、白云不见，渺矣黄乡断灵迹，翻欲问龙宫神女，一纸家书[③]何处传。

注释

① 梦泽：即云梦泽。在今湖北安陆市南。司马相如《子虚赋》："吞若云梦者八九。"

② 三闾：《史记·屈原列传》："屈原至于江潭，披发行吟泽畔。颜色憔悴，形容枯槁。渔父见而问之曰：'子非三闾大夫欤？'" 此指屈原。

③ 一纸家书：引柳毅传书故事。

贤孝祠联

我花石吴氏祠堂，左曰“贤孝祠”，祀族中先辈之有功于祠者。

诸长老以敬宗收族为心，想当年祠堂创建，谱牒新编，披荆辟草不言功，栉沐[1]勤劳，列祖神灵实喜悦；

贤子孙有遗大投艰[2]之责，慨凡事兴起良难，隳颓极易，旧德先畴今具在，馨香祷祝，后人仁孝永留贻。

注释

① 栉沐：即沐雨栉风。《庄子·天下》：“腓无胈，胫无毛，沐甚雨，栉疾风，置万国。”

② 遗大投艰：赋予重大艰难之任。《书经·大诰》：“予造天役，遗大投艰于朕身。”

贞节祠联

右曰“贞节祠”，祀族中贞女节妇。

天伦缺陷赖人弥，巾帼抗须眉①，看古今孝子忠臣，身几经茹②苦含辛，坚忍大都无转念；

家道兴衰由阃③内，闺帏标矩矱④，愿妇女明诗习礼，境不问安常处变，肃雍⑤群勉嗣徽音。

注释

① 巾帼抗须眉：《三国志·魏明帝纪》：“青龙二年四月，诸葛亮出谷。”裴松之补注：“亮既屡遣使交书，又致巾帼妇人之饰，以怒宣王。”后因以巾帼为妇女的代称。

② 茹：吃。

③ 阃（kǔn）：《礼记·曲礼上》：“外言不入阃，内言不出阃。”阃，门限也，妇人住内，故曰阃内。

④ 矩矱（yuē）：规矩法度。《离骚》：“勉升降以上下兮，求矩矱之所同。”

⑤ 肃雍：庄严雍容，整齐和谐。用以形容祭祀时的气氛和乐声。《诗经·周颂·有鼓》：“肃雍和鸣，先祖是听。”毛传：“肃，敬；雍，和。”

岳州厘局联 代万伯寅大令

大令名兆华，丰城人，两次榷税岳州。

湖湘绾毂[1]汇江流，爱君山一片、仙笛三声，吴楚界中分，遥连牛斗神锋气[2]；

商估算缗[3]沿汉法，念宦辙重来、利权再握，孔桑[4]心窃鄙，曾读龙门平准书[5]。

注释

① 绾毂（gǔ）：控扼、扼制，指交通要道。《史记·货殖列传》：“唯褒斜绾毂其口，以所多易所鲜。”

② 牛斗神锋气：谓丰城宝剑。《晋书·张华传》（雷）焕曰：‘仆察之久矣，惟斗牛之间颇有异气。’华曰：‘是何祥也?’焕曰：‘宝剑之精，上彻于天耳’。”

③ 算缗：汉代赋制之一。汉武帝元狩四年（前119）初算缗钱。商人自投其所有各以货殖，以缗钱二千为一算；诸作有租及铸，以缗钱四千为一算。

④ 孔桑：即孔仅，桑弘羊。《史记·平准书》：“咸阳，齐之

大煮盐，孔仅，南阳大冶，皆致生累千金，故郑当时进言之。弘羊，洛阳贾人子，以心计，年十三侍中。故三人言利事析秋豪矣。”

⑤龙门平准书：龙门即司马迁，平准书是《史记》中书之第八。平准就是平抑物价。

攸县张真人祠联 代万伯任大令作

真人名屺，萧齐[①]时官司空，后弃官隐于攸之朱阳洞，诵经礼斗，拔宅飞升，至今其山名曰司空山，灵迹甚多，具载《司空山志》。任昉《述异记》已先言之，唐朝苏味道又有记。土人祷雨辄应验，被敕封。丙申夏旱，大令迎像入城，设坛虔祷，大雨立沛，岁乃有秋。

神仙终是有情人，想当年三事[②]方膺，赤县早敷郇伯雨[③]；

宰官亦慕长生诀，问今日六朝[④]安在，青山犹属蒋侯家[⑤]。

注释

① 萧齐：即南齐，萧道成继宋后在南方割据的封建王朝。

② 三事：《诗经·大雅》："不留不处，三事就绪。"指春、夏、秋三季农事。

③ 郇（huán）伯雨：《诗经·曹风》："芃芃黍苗，阴雨膏之。四国有王，郇伯劳之。"

④ 六朝：东吴、东晋，南朝的宋、齐、梁、陈四朝合称六朝，相继建都南京。

⑤蒋侯冢：六朝帝业无存，而只有蒋山依然存在。蒋子文，东汉广陵人，在钟山下，遇贼被害，至吴时为此土地神，频见灵异，吴主患之，封为中都侯，加印绶、立庙堂，改钟山为蒋山。

郭子美松林[1] 祠联

军门为湘军名将，庚辰春，相遇于天津，时官直隶提督，约以车迎予至密云，未几薨逝。今秦回叛乱，故有屯兵关陇之句。

文人雅重郭汾阳[2]，倾盖在津沽，招我曾为车笠约[3]；
大将齐名塔忠武[4]，屯兵尚关陇，思君不必鼓鼙声。

注释

① 郭子美松林：即郭松林（1833—1880），字子美，湘潭县人（今属株洲县雷打石镇脉湾村），郭人漳之父。湘军名将，参与平定太平天国运动及捻军起义。授湖北提督，调直隶。光绪六年（1880），卒于官，优恤，在湘潭建专祠，谥武壮。

② 郭汾阳：《旧唐书·郭子仪传》记载，上元三年（762）郭子仪被封为汾阳郡主，故世称郭汾阳。

③ 车笠约：《风士记》："越俗性率朴，初与人交有礼，封土为坛，祭以戏犬，祝曰：'卿虽乘车我戴笠，后日相逢下车揖；我虽步行卿乘马，后日相逢卿当下。'"诗载《古诗源·越谣歌》。俗称不因贵贱而改变的好友为"车笠之交"。

④ 塔忠武：即塔齐布，字智亭，清满洲镶黄旗人，曾国藩部将，与太平军湘潭之战，获大捷，名声大噪。自此转战湘鄂，屡为先锋，官至湖北提督。后攻九江，呕血死。谥忠武。

攸县许真君祠

真君常官旌阳知县，为吴猛[①]弟子，豫章人之客于攸者祀之。

早缠铜墨[②]，晚炼金丹，神剑扫腥风，合陶桓公[③]、周孝侯[④]而三，妖魅敢当豪侠气；

庙貌洣湘[⑤]，乡情章贡[⑥]，灵山证香火，与梅子真[⑦]、张司空[⑧]为伍，仙人犹是宰官身。

注释

① 吴猛：《晋书·艺术传》："吴猛，豫章人也，少有孝行，夏日常手不驱蚊，惧其去已而噬亲也。年四十，邑人丁义始受其神方。"

② 铜墨：谓铜印黑绶也。《汉书·乌孙国传》："夺金印紫绶，更与铜墨云。"

③ 陶桓公：《晋书·陶侃传》记载，陶侃字士行，本鄱阳人也。吴平，徙家庐江之寻阳，薨后策谥曰桓，祠以太牢。后称陶桓公。

④ 周孝侯：《晋书·周处传》记载，周处字子隐。父鲂，

吴，鄱阳太守。处没后，太常贺循议曰："……案谥法执德不回曰孝。"遂以谥焉。故后称周孝侯。联句中"而三"言许真君也，均属江西豫章人。

⑤ 洣湘：水名。洣，湘江支流，源出酃县八面山，经攸县境内，至衡东县洣河镇注入湘江。

⑥ 章贡：水名。章，江西江之西源也。源出崇义县聂都山，东北流经大庾，南康，入县，与贡水合流为江，即古豫章水，亦名南江。

⑦ 梅子真：《汉书·梅福传》："梅福字子真，九江寿春人也。……至元始中，王莽专政，福一朝弃妻子，去九江，至今传以为仙。"

⑧ 张司空：真人名屺，萧齐时官司空，后弃官隐于攸之朱阳洞，诵经礼斗，拔宅飞升，至今其山名曰司空山，灵迹甚多，具载《司空山志》。

湘潭城隍庙戏台联

咸丰甲寅，粤寇陷城，雷击妖术，居民免于屠戮，神之力也。

世人倘不信神明，问狂寇凭陵，是谁使妖术冰消、大声霆击；

优孟[①]何尝无劝戒，看愚夫感泣，翻较胜僧谈名理[②]、佛说前因[③]。

注释

① 优孟：故楚之乐人也，多辩，常以谈笑讽谏。楚庄王欲以棺椁大夫之礼葬马，优孟谏止。

② 名理：指辨别分析事物是非、道理。

③ 前因：佛家语，谓凡事之结果，莫非种因于前也。

又内戏台联

庙之东偏花厅构一戏台，为县人宴会之所。

湘灵瑶瑟[1]渺难闻，喜菊部[2]擅场，且安排歌扇舞衫，谱成下里巴人[3]曲；

雨湖诗社[4]今不再，趁松寮[5]雅集，好凭借哀丝豪竹，陶写中年谢傅[6]情。

注释

① 湘灵瑶瑟：世传湘水之神曰湘君。屈原《楚辞远游》："使湘灵鼓瑟兮，令海若舞冯夷。"

② 菊部：《齐东野语》：掖庭有菊夫人者，善歌舞，妙音律，为仙韶院之冠，宫中号为"菊部头"。泛指梨园行。

③ 下里巴人：宋玉《对问》："宋玉对楚王问。客有歌于郢中者，其始曰下里巴人。国中属而和者数千人。"后谓俚俗之歌也。

④ 雨湖诗社：雨湖在湘潭市区内，诗社建在雨湖湖畔凤竹庵内。

⑤ 松寮：乃松下小屋也。陆游诗："屋窄似松寮。"

⑥ 中年谢傅：《世说新语·言语》："谢安曰'中年丧于哀乐'。"王右军曰："年在桑榆，自然至此，正赖丝竹陶写。"

主敬堂厅事联 即湘潭药局

范希文未为良相先作良医[1]，甲兵十万任纵横，果然削平患难，振起疮痍，看圣贤将元气挽回，是何等神针法炙；

吕纯阳[2]不赠仙丹难成仙骨，世界大千多疾苦，但使药可返魂，汤能续命，举民物尽嬉游仁寿，便如到佛海灵山。

注释

① 范希文未为良相先作良医：范仲淹，字希文。《能改斋漫录》卷十三："果能为良医也，上以疗君亲之疾，下以救贫民之厄，中以保身长年。"在任陕西宣抚使时，夏人相戒莫敢犯曰："小范老子胸中自有数万甲兵。"

② 吕纯阳：即吕洞宾。《能改斋漫录》载有他的石刻自传："吾乃京兆人，唐末，累举进士不第。因游华山，遇钟离传授金丹大药之方。"

天符庙戏台联

神无考证，相传为司瘟疫，潭邑保节堂设在庙内。

莫轻他巴渝[①]下里[②]，楚舞[③]阳阿[④]，古今俗乐亦和平，看四气均调，何必待邹律回温[⑤]、虞弦解愠[⑥]；

最好是明月秋圆，奇花夜合，儿女多情易离别，愿一场欢会，绝不见琴悲寡鹄[⑦]、瑟怨孤鸾[⑧]。

注释

① 巴渝：相传汉高祖初为汉王，王巴蜀，汉中，都南郑。巴渝之人，刚勇好舞，高祖用之，克平三秦，美其功力，使乐府习之，因名“巴渝舞”。

② 下里：宋玉《对问》：“宋玉对楚王问。客有歌于郢中者，其始曰下里巴人。国中属而和者数千人。”后谓俚俗之歌也。

③ 楚舞：楚地之舞。

④ 阳阿：乐曲之和声，并见宋玉《对问》宋班对楚王问：“其为阳阿薤露，国中属而和者数百人。”

⑤ 邹律回温：《列子·汤问》：“邹衍之吹律。”晋朝张湛注：

“北方有地美而寒不生五谷，邹子吹律暖之，而禾黍滋也。”

⑥ 虞弦解愠：虞即舜帝。《史记·乐记》：“昔者舜作五弦之琴以歌南风。”

⑦ 寡鹄：琴调名。《西京杂记》卷五记载，齐人刘道强善弹琴，能作“单鹄寡凫之弄”。听者皆悲，不能自摄。白居易《和梦游春诗一百韵》：“暗镜对孤鸾，哀弦留寡鹄。”

⑧ 孤鸾：乐曲名。陶渊明《拟古》诗之五：“上弦惊别鹤，下弦操孤鸾。”

湖南臬署春联（又三则）

丁酉之冬，俄、英、法、德四国构衅，故下联及之。

秋肃转春温，看乌台柏树①，驿路梅花②，紫气满纷霏，好领取自家生意；

阳精摄阴翳，喜湘水烟消，衡峰云扫③，青天一披豁，长就瞻复旦光华④。

注释

① 乌台柏树：《汉书·朱博传》："御史府中列柏树，常有野乌数千，栖宿其上，晨去暮来，号曰'朝夕乌'。"

② 驿路梅花：南北朝时，陆凯与范晔为友，偶遇谢孚至长安下公文，路经陇头。凯折梅一枝，口占一绝以寄晔："折梅逢驿使，寄与陇头人。江南无所有，聊赠一枝春。"

③ 衡峰云扫：引自韩愈《谒衡岳庙遂宿岳寺题门楼》："须臾静扫众峰出"之诗句。

④ 复旦光华：早晨的太阳。古诗《卿云歌》："卿云烂兮，礼缦缦兮。日月光华，旦复旦兮。"

断狱本春秋[①]，今王正月；
作歌先太一[②]，吉日良辰。

注释

① 春秋：春秋隐元年，“春王正月”。公羊家认春秋为孔子所作，“春王正月”表示孔子尊王室，大一统的思想。

② 太一：又称天一、太乙、北辰，为北极星，在天穹上几乎不动，众星均绕其旋转。“太一”为天之中心，有群星拱卫的天文现象，故古人尊其为天帝。如《河图括地象》：“天地初立，有天皇氏，澹泊自然，与（北）极同道”；《帝王世纪》：“天皇大帝（为）耀魄宝，地皇为天一，人皇为太一。”

民自不冤，斑鸠在野；
官闲无事，蝴蝶上阶[①]。

注释

① 蝴蝶上阶：《容斋四笔·上》：胡文定公安国为黄州教授，有诗云：“官闲无一事，蝴蝶飞上阶。”东坡称赏再三。

松茂柏悦，见寿者相；
风和雨甘，兆大有年。

湖北会馆戏台联

会馆即禹王宫，故用杜诗“古屋画龙蛇”之句。

陶情丝竹，谢傅中年[①]，谁谱成湘瑟瑶弦，古屋画龙齐振动；

唱念家山[②]，下里巴人，更借得梅花玉笛，仙翁骑鹤快飞来。

注释

① 谢傅中年：《世说新语·言语》：“谢安曰‘中年丧于哀乐’。”王右军曰“年在桑榆，自然至此，正赖丝竹陶写。”

② 唱念家山：清朝舒位《宋宫人饯别汪水云处》：“二十九人都是客，不堪叠唱念家山。”

留田王氏试馆联

试馆在长沙府城内，中建节孝祠，祀族中贞烈妇女，其孝弟忠义祠，则尚未建也。

三纲[①]凭正气扶持，欲标族望[②]，先表壸仪[③]，喜栖灵依岳色江声，贞节寿贞珉，何止消受得枌榆[④]俎豆[⑤]；

百里[⑥]引群英聚会，一入风檐[⑦]，便登云路[⑧]，劝立志作忠臣孝子，奇男与奇女，无非磨炼成铁石[⑨]心肝[⑩]。

注释

① 三纲：《白虎通三纲六纪》谓君臣，父子，夫妇也。故曰："君为臣纲，父为子纲，夫为妻纲。"

② 族望：谓名门大族。《魏书·高允传》："显祖平青齐，徙其族望于代。"

③ 壸（kǔn）仪：谓妇女的容止仪表。

④ 枌榆：枌榆社的省称。指汉高祖的故里。《史记·封禅书》："高祖初起，祷丰枌榆。"后泛指家乡、故里。

⑤ 俎（zǔ）豆：俎和豆，古代祭祀、宴会时盛肉类等食品的

两种器皿，谓祭祀崇奉也。《论语·卫灵公》：“俎豆之事，则尝闻之矣。”

⑥ 百里：《易经·震》：“震惊百里，不丧匕鬯。”注：“雷之发声闻乎百里，故古帝王制国公侯地百里。”后以雷封百里为县之代称。

⑦ 风檐：谓不蔽风雨之场屋，文天祥《正气歌》：“风檐展书读，古道照颜色。”

⑧ 云路：言青云之路。喻宦途。鲍照《侍郎满辞合》：“金闺云路，从兹自远。”

⑨ 铁石：喻坚定不移。《三国志·魏武帝纪》，裴注“领长史王必，是吾披荆棘时吏也。忠能勤事，心如铁石，国之良吏也”。

⑩ 心肝：比喻真挚的情意。杜甫《彭衙行》：“谁肯艰难际，豁达露心肝。”

学堂饭厅联

今试思世变何如哉，横流沧海[①]，频起大风波，河山带砺[②]是谁家，愿诸生尝胆卧薪[③]，每饭不忘天下事；

士多为境遇所累耳，咬得菜根[④]，才算奇男子，将相王侯宁有种[⑤]，看前哲断齑画粥[⑥]，读书全靠秀才时。

注释

① 横流沧海：《抱朴子·正郭》："虽在原陆犹恐沧海横流，吾其鱼也。况可冒冲风而乘奔波乎。"谓形势之险恶。比喻时世动乱不安。

② 河山带砺：《史记·高祖功臣侯者年表序》："封爵之誓曰：'使河如带。泰山若砺，国以永宁，爰及苗裔。'应劭曰：'带，衣带也；砺，砥石也。河当何时如衣带，山当何时如砺石，言于带砺，国乃绝耳。'"

③ 尝胆卧薪：越王勾践战败为吴所执，后放还，欲报吴仇，常卧于柴草中，置胆于上，尝胆之苦，以不忘会稽之辱。

④ 咬得菜根：言人之能食贫也。《小学》：汪信民常言："人能咬得菜根香，则百事可做。"胡康侯闻之，击节叹赏。

⑤ 将相王侯宁有种：《史记·陈涉世家》："且壮士不死即已，死即举大名耳，王侯将相宁有种乎？"

⑥ 断齑（jī）画粥：《湘山野录》："宋·范仲淹少时最贫，读书长白山僧舍，煮粟二升，作粥一器，经宿遂凝，以刀划为四块，早晚取二块，断齑数十茎之。"

又 饭厅一联

时事迫艰危，今日朝廷方旰食①；

学人志康济，腐儒粗粝②亦民膏。

注释

① 旰（gàn）食：言晚食也。《左传·昭公二十年》：（伍）奢闻员不来，曰："楚君大夫其旰食乎！"注："将有吴忧，不得早食。"后指勤于政事。

② 粗粝：粗米也。《史记·聂政列传》：故进百金者，将用为大人粗粝之费。

王姓飧堂

其人工书，即以居宅为墓庐。

学人余事，挥洒临池[①]，看平生墨迹淋漓，陪葬已先营笔冢[②]；

乔木百年，扶疏绕屋[③]，想终古吟魂依恋，栖灵仍旧爱吾庐。

注释

① 临池：《晋书·王羲之传》曾与人书云：“张芝临池学书，池水尽黑，使人耽之若是，未必后之也。”

② 笔冢：书法家埋藏废笔的处所。唐李肇《唐国史补》卷中：“长沙僧怀素好草书，自言得草圣三昧，弃笔堆积，埋于山下，号曰‘笔冢’。”

③ 扶疏绕屋：陶渊明《山海经诗》之一，“孟夏草木长，绕屋树扶疏。”言繁茂貌。

留田王氏墓庐联 为王绍堂作

绍堂之曾祖月卿先生继阀，以进士分发云南，因亲老告终养，遂里居不仕以终。绍堂昆仲新建墓庐。

少年科第[①]，不入仕途，念先人养志而终，当国家有道之时，翛然独远；

今日松楸[②]，定成乔木，愿后嗣贻谋[③]是守，以耕稼读书为事，舍此何求。

注释

① 科第：谓科举登第。《汉书·元帝纪》："诏丞相、御史，举质朴、敦厚、逊让、有行者，光禄岁以此科第郎、从官。"注：每岁依此科考校，定其第高下，用知其人贤否也。

② 松楸：谓墓地所植树木。南朝齐谢朓《齐敬皇后哀策文》："陈象设于园寝兮，映舆䉤于松楸。"

③ 贻谋：《诗·大雅·文王有声》："诒厥孙谋，以燕翼子。"后以"贻谋"指父祖对子孙的训诲。

附：以下寿联

谭母高太夫人百岁寿联

太夫人为心舸观察信矩之母。寿至百龄，生辰在三月杪。观察见办督销。

起居八座太夫人，设帨对群花，芍药殿春，蓝尾满斟千日酒；

风宪六条观察使，和羹储相业，蟠桃献寿，红牙齐唱百年歌。

雷巨川翁寿联

翁嘉禾人，家世业农，年八十有一。子飞鹏，船山书院高材生。

家有次宗[①]，蔚为儒者；

寿如老子，才是生初。

注释

① 次宗：雷次宗，南朝宋人，隐退累征不就，于鸡笼山开馆教授，聚徒百余人。后又筑招隐馆于钟山西岩下，为皇太子及诸王讲《丧服经》。此切雷姓。

萧筱泉绍渠[①]观察六十寿联

筱泉巨富，乐善好施，以九月十九日与其配双寿。

为正人学，得善人名，伉俪亦贤能，听箫在萧史楼台，和鸣偕老；

存仁者心，见寿者相，郎君尽官贵，戏彩当菊花时候，晚节弥香。

注释

① 萧筱泉绍渠：萧绍渠（1846—1919），字筱泉，原籍江西泰和，巨商萧炳南第三子。幼年随父落籍湘潭，十八岁后开始打理萧怡丰湘潭号事。经营怡丰首家以湘潭为据点的淮盐大号“云丰恒记”盐号，获利极丰。该品牌在湘潭存在53年。其家族在嘉庆、道光年间为湖南首富，嘉庆钦点“皇清义士”。

曹谷笙廷珏太守六十寿联

谷笙以江西知府督办吉安官钱局。生辰在十二月二十五日。

驷马高车早有名，如水之清，不贪何碍三官[①]铸；

羔羊朋酒犹嫌俗，以梅为寿，相思聊寄一枝春。

注释

① 三官：汉代上林苑管理铸钱的均输、钟官、辨铜令三官。《史记·平准书》："其后二岁，赤侧钱贱，民巧法用之，不便，又废。于是悉禁郡国无铸钱，专令上林三官铸。"

王莼浦时迈[1]太守八十寿联

君官平凉知府，救活疲贼男女千余人，有此功德，老而愈健，生日在腊月初旬。

出为郡将，归领乡军，是翁何其矍铄哉，上寿[2]有由来，曾闻菩萨救人，普施法乳；

春酒腊灯，梅妻鹤子，晚景可谓嘉平矣，长生无待学，笑比老聃成佛，初脱元胎[3]。

注释

① 王莼浦时迈：王时迈（1829—1910），号莼浦，湘潭人。博通经史，专研地理兵法，曾官甘肃平凉府。著有《甘棠集》等。

② 上寿：三寿中之上者。《庄子·盗跖》："人上寿百岁，中寿八十，下寿六十。"

③ 元胎：指孕育万物的大道。唐司空图《云台三官堂文》："盖闻元胎秉粹，真极设官，贯日星而动六幽，摄品汇而尊三府。"

王湘绮[1]八十寿联

献策即还山，文中子[2]门墙，有诸将相；

投竿不忘世，周尚父[3]耋耄，为帝王师。

注释

① 王湘绮：即王闿运（1833—1916），字壬秋，题所居为湘绮楼。湘潭县人，清咸丰举人，晚年授翰林院检讨、加侍读衔。辛亥革命后曾任国史馆馆长。是近代著名纵横家（帝王学说创始人）、教育家、经学家、史学家、文学家（文苑翘楚、诗坛盟主、联林巨擘）。有《湘绮楼诗文集》等大量著作传世。

② 文中子：王勃的祖父王通，唐诗人王绩兄。大业未，弃官归，以著书讲学为业，卒后门人私谥曰“文中子”，此切王姓。

③ 周尚父：周太公吕尚，即姜太公，八十而遇文王。

绮霞江馆联语续存

慈禧皇太后七旬万寿雷坛观庆祝门联 代紫谷道人作

臣民争献万年觞，即方外玄都①，亦栽培千树桃花，结成仙实；

道德褒崇一柱史，看东来紫气②，已飞上九天阊阖，拥护慈云。

注释

① 玄都：谓神仙居处。《枕中书》记载，玄都玉京七宝山，在大罗之上，有上、中、下三宫。上宫是盘古真人、元始天王、太元圣母所治。

② 东来紫气：汉朝刘向《列仙传》：“老子西游，关令尹喜望见有紫气浮关，而老子果乘青牛而过也。”后遂以“紫气东来”表示祥瑞。清朝洪升《长生殿·舞盘》：“紫气东来，瑶池西望，翩翩青鸟庭前降。”

朱翁雨田昌琳[①] 九十寿联

翁赤手致富，乐善好施。子至大官，膺光禄诰封，今以年至九十，赏加内阁学士衔。孙、曾林立，耄而聪强。生辰在二月二十四日。

宠命晋头衔，又郎君官贵，一品荣封，衮绣[②]即斑衣[③]，更见问安频点颔[④]；

精神兆眉寿[⑤]，正春色花朝，千龄始旦，笙诗[⑥]无算爵[⑦]，岂唯进祝到期颐[⑧]。

注释

① 朱翁雨田昌琳：朱昌琳（1822—1912），晚年自号养颐老人。实业家。晚清长沙首富，长沙第一家近代工业企业湘善记和丰公司股东。他还与汪诒书、杨巩等人合作，在灵官渡创建了湘裕炼锑厂，开长沙炼锑业的先河。又在暮云市独资创办了阜湘红砖公司。

② 衮绣：古代帝王与上公的礼服。《诗·豳风·九罭》："我覯之子，衮衣绣裳。"

③ 斑衣：斑斓之衣。老莱子以斑衣娱亲者。

④ 问安频点颔：《新唐书·郭子仪传》：诸孙数十，不能尽识，至问安，但颔之而已。

⑤ 眉寿：长寿。《诗·豳风·七月》："为此春酒，以介眉寿。"孔颖达疏："人年老者必有豪眉秀出者。"高亨注："眉寿，长寿也。"

⑥ 笙诗：《诗经·小雅》有《南陔》等六篇，小序谓有其义亡其辞。朱熹《集传》谓《南陔》诸诗为笙诗。有声无辞，犹今之曲谱。

⑦ 无算爵：算，数也；爵，酒器也。指古代某些典礼中不限定饮酒爵数的饮酒礼，至醉而止。此谓寿辰宴饮，爵行无数。《仪礼·乡饮酒》：无算爵、无算乐。

⑧ 期颐：《礼记·曲礼上》：百年曰期颐。郑玄注："期，犹要也；颐，养也。不知衣服食味，孝子要尽养道而已。"

赵母蔡太夫人八十寿联

太夫人为芷荪[①]太史之母。三月初一日，八十寿辰。

西川使节主文衡[②]，归奉慈颜，满采得岷峨[③]珠玉；
北堂母寿张华帨[④]，醉酣春色，正结成方朔仙桃[⑤]。

注释

① 芷荪：即赵启霖（1859—1935），字芷荪，号瀞园。今湘潭县石鼓镇人，清光绪年间入翰林院，曾任四川提学使、湖南高等学堂监督等职。为官清廉，刚正不阿。1907年因疏劾黑龙江巡抚段芝贵及庆亲王奕劻父子而触忤权贵，遭到革职，却为时论所称誉，声名大噪。有“打虎御史”之称。民国间曾任湖南船山学社社长多年。有《瀞园集》。

② 文衡：评量文字，有如衡之量物，故曰“文衡”。此谓典试官也。赵芷荪即赵启霖，曾督学于四川。

③ 岷峨：即四川境内岷山、峨眉山。

④ 华帨（shuì）：古礼，女子出生，挂佩巾于房门右。《礼记·内则》：“子生，男子设弧于门左，女子设帨于门右。”郑玄

注："帨，事人之佩巾也。"后用以指女子生辰。此谓母之生日。

⑤方朔仙桃：东方朔，字曼倩，汉武帝时人。善诙谐滑稽，西王母献寿蟠桃，言三次被其窃。

以下挽联：

谭次山师

师讳光第，举咸丰初元孝廉方正。言坊行表，身名泰然，望空下拜者月必数四，盖即古人焚香告天之意也。熙从游三载，在同学中最幼，独伟视熙所作文赋，辄举以告人曰："此子翰苑才也!"乃蹭蹬[①]终身，修名不立，惭负多矣，尚复奚言。子沄登贤书，湖湘间传人也。

信暗修无愧，可告冥冥，有子更通天地人，其左右图书，博雅居然一儒者；

感期许之殷，徒呼负负，此生遑问言功德[②]，即寻常科第，阻绝已若三神山[③]。

注释

① 蹭蹬：困顿；失意。宋朝陆游《秋晚》诗："一生常蹭蹬，万事略更尝。"

② 言功德：即立言：立功、立德。《左传·襄公二十四年》："大上有立德，其次有立功，其次有立言……"

③ 三神山：言神仙所居之山，即蓬莱、方丈、瀛洲。此言登科及第，因时运不齐，已若三神山之阻绝。

王莲舟济司马

君世居长沙，其先世有为湘潭武弁者，死即葬焉，因隶籍于潭，无一同宗之人，故潭人鲜知之者。为名诸生，文思敏赡，藻采艳丽，张海门学使赏拔之。连试秋闱不售，出而从军，在兆琛援黔军中最久，保举同知，分发粤东，以文翰见重于广州将军。年逾四十，为病所困，忧伤而死。其诗八卷，曰《扶荔生集》，死后友人为刊于粤。君为张蔗泉先生婿，因以刊本寄归长沙，其诗极力追摹少陵七律，清婉哀艳，酷似梅村。当时梅根、南坪、性农诸老见之无不欣赏，谓“莲舟一四方奔走之人，不意学诗研深若此”。雨珊因属余代为芟削，因卷首未至，事遂迟延。今雨珊既亡，集之存否，不可知矣。君无子，孑然一人，无可承继。死时惟在粤续娶之妻仅存，门户绝矣！有才无命，余每与雨珊言及，未尝不同声呜咽唏嘘也。

少年匹马走关山，当乱离颠沛之秋，直欲将满腹牢愁都写入杜老悲歌[①]，梅村怨语[②]；

死后青蝇为吊客[③]，胡落寞凋零至此，竟徒使知心亲旧空叹惜黔娄有妇[④]，伯道无儿[⑤]。

注释

① 杜老悲歌：杜甫少贫，举进士不第，适逢安史之乱。一生穷困，过着“到处潜悲辛”的生活，故诗多悲愤。

② 梅村怨语：明末吴伟业，号梅村，擅长于诗，少时才华艳发，后经丧乱，抒发“极目萧条泪满襟”之感叹，故诗多悲怨。

③ 青蝇为吊客：《三国志·虞翻别传》：“自恨疏节，骨体不媚，犯上获罪，当长没海隅，生无可与语，死以青蝇为吊客。”

④ 黔娄有妇：《列女传》记载，黔娄死，曾子往吊，见以布被覆尸，覆头则足见，覆足则头见。曾子曰：“邪引其被，则敛矣。”黔妻曰：“邪而有余，不如正而不足也。”

⑤ 伯道无儿：《晋书·邓攸传》：“邓攸字伯道，卒以无嗣。时人义而哀之，为之语曰：‘天道无知，使邓伯道无儿。’”

姚密斋步瀛大令

大令，江西贵溪人，为诸生。督办乡团，为曾文正所器赏，然未知其深也。以同治乙丑进士，分发湖南，补慈利知县。到官甫匝岁，以在军久，积受寒湿，一病而亡，惜哉！余生平所见牧令多矣，其无玷于清慎勤官箴者，亦常有之。至于事业从学问中做出，卓然信为循良之选者，密斋一人而已。盖生平素讲阳明之学[①]，确有心得也。其善政传播慈利人口，深山穷谷之民，愈称颂焉，至今犹尸祝[②]之遍。传死后为城隍语，虽虚幻，然李冰[③]、蒋子文[④]之灵，何必不犹在人世也。

言游本来，以学道爱人，更勤恪廉公有威，实具由也之果，赐也之达[⑤]；

颖川何幸，得神君作宰，其聪明正直而一，固宜生则为英，殁则为灵。

注释

① 阳明之学：《明史·王守仁传》："学者翕然从之，世遂有'阳明学'云。守仁弟子盈天下。"

② 尸祝：表示崇拜。《庄子·逍遥游》："庖人虽不治庖，尸祝不越樽俎而代之矣。"《庄子·庚桑楚》："子胡不相与尸而祝之，社而稷之乎。"

③ 李冰：《朱子语录》："蜀中灌口二郎庙，当时是李冰因开离堆有功立庙。"

④ 蒋子文：东汉广陵人，在钟山下，遇贼被害，至吴时为此土地神，频见灵异，吴主患之，封为中都侯，加印绶、立庙堂，改钟山为蒋山。

⑤ 由也之果，赐也之达：由也，仲由字子路。赐也，端木赐，均是孔子弟子。《论语·雍也》："季康子问：'仲由可使从政也与?'子曰：'由也果，于从政乎何有?'曰：'赐也可使从政也与?'曰：'赐也达，于从政乎何有?'"

王惺原丈士达[①]征君

征君举咸丰初元孝廉方正，养母不仕，性纯孝母，以高寿终。生平读书不多，朱子、小学，拳拳服膺，律已训人以是为准，终日危坐，盛暑不脱长衫，而待人肫诚，表里如一，见者无不畏其矜严而又乐于昵近焉。同治庚午以避土寇，携家至永州。永无一旧识，时守永者为张东墅太守，闻风倾慕，礼待极隆，因聘请主讲濂溪书院课士三年，士心悦服。熙尝见其日记云，曩有“晚霞无着破空流”之句，今始验矣。殁后，永人奉主祀院中，至今言及王先生，必肃然起敬焉。孙葳有美才，中乙酉解元。

纯孝事母，小学课孙，老来终日坐如尸[②]，履蹈粹然，白璧微瑕元可指；

大吏闻风，诸生立雪[③]，身似晚霞流有著，典型长在，青衿[④]哀慕不能忘。

注释

① 王惺原丈士达：王士达（1799—?），字惺原，号仲庵，邑庠生，王闿运堂叔，曾续修王氏族谱，是位宿儒，曾任零陵濂溪书院山长。

② 坐如尸：言视貌正。《礼记·曲礼上》："坐如尸、立如齐（通"斋"，有斋戒之意）。"

③ 诸生立雪：《语录》："宋，游酢、杨时，师事程颐于洛。一日二子侍侧，先生瞑目，二子不敢去。及出，门外雪深三尺。"

④ 青衿：《诗经·郑风》："青青子衿，悠悠我心……青青子佩，悠悠我思。"又《颜氏家训·书证》："古者斜领下连于衿，故谓领为衿。"因青衿为学子所服，故称秀才为青衿。

唐云樵老秀才

余少与君为忘年交时，君年已五十矣，以授徒自给，喜看参同契[①]、悟真篇[②]、吕纯阳[③]诸书，故与沈子粹甚相得。然不过梦想神游以助超旷之趣，不似子粹惑溺于其术中，反为所参也。神仙世固有之，然断非吾辈所宜学。但能寡耆欲、淡荣利，忘情于生死，则不学仙而仙在是矣。故余悯子粹而爱云樵。

寂寞铅椠[④]老诸生，好读逍遥篇[⑤]，一卷道书，已行尚把；

慕想华胥安乐国[⑥]，难逃老病死，百年尘梦，未醒先空。

注释

① 参同契：书名，葛洪《神仙传》：称魏伯阳作，其说是周易、黄老、炉火三家相参同，其实假爻象，以论道家炼丹修养之说，为丹经之祖。

② 悟真篇：书名，张伯端撰，以诗词百篇，演说道家金丹之旨。

③ 吕纯阳：即吕洞宾。

④ 铅椠（qiàn）：古人记录文字之具。铅所以书，椠木板也。

《西京杂记》卷三："扬子云好事，常常怀铅提椠，从诸计吏，访殊方绝域四方之语，以为裨补輶轩所载，亦洪意也。"

⑤ 逍遥篇：即庄子著述中的第一篇，属道家之书。

⑥ 华胥安乐国：《列子·黄帝》："三月不亲政事，昼寝而梦，游于华胥氏之国……"后用以指理想的安乐和平之境，或作梦境的代称。

曾品石布衣

君洒落有风趣，以书画篆刻为生涯。既无兄弟，妻死子女亦亡，孤苦难堪，然豪宕自若也。性好客，得一小鲜，必留人饮造，亦必醉。始固言笑晏晏也，及酒中，感怆家世，则哭声大作，且哭且诉，初闻者无不惊骇；哀怜习见者，则大嗢噱[①]也。无何，君亦死，今里中不复有此振奇之人矣。

老来诧傺[②]太无聊，孤愤[③]独居，满床书画依为命；
酒后牢骚忽焉发，放声大哭，四座亲朋笑不休。

注释

① 嗢噱（wàjué）：大笑不止。《三国志·钟繇传》裴松之补注：曹丕报钟繇书："执书嗢噱，不能离手。"

② 诧傺（chàchì）：言失志貌。《离骚》："忳郁邑余诧傺兮，吾独穷困乎此时也。"

③ 孤偾（fèn）：孤弱不能自立。《汉书·匈奴传》："孝惠，吕后时，冒顿寖骄，乃为书，使使遗高后曰：'孤偾之君，生于沮泽之中，长于平野牛马之域。数至边境，愿游中国。陛下独立，孤偾独居。两主不乐，无以自娱。愿以所有，易其所无。'此冒顿骄傲，以秽词侮辱吕后。"

李桐生鸿钧大令

君读书极深，堪之思敦尚志节，邦人敬畏。中年以副贡生筮仕黔中，出都还湘，殁于中道。子嘉澍得凶问，哭泣之哀，闻者酸恻，知其必克负荷矣。人皆惜君久累于贫，甫得一官即死。余谓既有子矣，则官与年又何必计耶？嘉澍乞余作传志，信无愧色。

钻研六艺必躬行，许我作文人，敢以謍言[①]诬有道；
飘泊一官如梦幻，亢宗[②]得贤子，谁云造物坐无知。

注释

① 謍（wèi）言：虚妄不足信的话。《左传·哀公二十四年》："天奉多矣，又焉能进？是謍言也。役将班矣！"

② 亢宗：庇护宗族；光耀门庭。旧时谓能扩大家族权势者曰"亢宗之子"。《左传·昭公元年》："吉不能亢身，焉能亢宗？"

许雪门瑶光太守

太守善化人，以己酉拔贡分发浙江知县，历宰六邑，在诸暨守城，城陷，被寇刃伤，得不死。庚辰冬，余晤于杭州，赠雪门诗集十六卷，其诗多可考见当时战守情形得失事迹，盖得之目击，故语实且详也。时年已六十有赢矣。先后官嘉兴府十七年，中间以察荒田事忤巡抚意而得民心最，在此府城外鸳鸯湖有烟雨楼，民亭于其旁榜曰“三至”表去思也。殁于嘉兴，闻著有谈浙纪略四卷则未之见。

官遭豺虎庆余生，事纪乱离多，天宝①年间一诗史；

人与鸳鸯同怛化，民留去思永，烟雨湖滨三至亭。

注释

① 天宝：唐玄宗年号，值安史之乱。杜甫善陈事，剀切精深，至千言不少衰，世号诗史。

龚梅生 代芷庭兄弟作

梅生性慧黠，年三十有七，以喉病与其弟之妻女相系而亡。芷庭昆弟五人，葆田、梅生死，存者三人耳。

造物降灾胡太甚？一家三口，忽忽云亡，彭殇[1]修短亦寻常，最怆怀恶疾缠身，死丧叠见，有如此伤心惨目，那得免玉折兰摧[2]。哀哉！茕嫠[3]扶枕，弱息[4]牵衣，含千万种付托遗言，方寸心酸辛惟下泪；

五人同产陨其双，四海九州，悠悠谁补？木石[5]冥顽偏老寿，固逆料聪明得福，今古原稀，却不图泡影电光[6]，竟难待男婚女嫁。勉矣！保护儿曹，维持门户，痛三十七载年华飘瞥[7]，弟兄缘分续来生。

注释

① 彭殇：言寿夭。彭，祖，指高寿；殇，未成年而死。语本《庄子·齐物论》："寿于殇子，而彭祖为夭。"晋王羲之《〈兰亭集〉序》："知一死生为虚诞，齐彭殇为妄作。"

② 玉折兰摧：《世说新语·言语》："毛伯成既负其才气，常

称：‘宁为兰摧玉折，不作萧敷艾荣’。”

③ 茕嫠（lí）：亦作茕厘。寡妇。《文选·张协〈七命〉》：“茕厘为之擗摽，孀老为之呜咽。”

④ 弱息：幼弱的子女。南朝梁简文帝《大同哀辞》：“含精郁抑，叹嗟何极。云谁之悲，悲予弱息。”

⑤ 木石：本义，树木和山石。《孟子·尽心上》：“舜之居深山之中，与木石居，与鹿豕游。”比喻无知觉、无感情之物。汉朝司马迁《报任少卿书》：“身非木石，独与法吏为伍，深幽囹圄之中，谁可告愬者？”

⑥ 泡影电光：泡影，泡泡和影子，佛教用以比喻事物的虚幻不实，生灭无常。后比喻落空的事情或希望。《金刚经·应化非真分》：“一切有为法，如梦幻泡影。”电光，比喻时间短暂。犹言一刹那。前蜀韦庄《哭同舍崔员外》诗：“却到同游地，三年一电光。”

⑦ 飘瞥：迅速飘落或飘过。南朝宋刘义庆《世说新语·言语》：“郊邑正自飘瞥，林岫便已皓然。”

龚门尹孺人 代芷庭兄弟作

孺人为葆田之室，葆田早世今孺人暨其女以喉病同日亡，逾一日，其夫兄梅生又死，亦喉病也。芷庭乃梅生葆田之胞兄，孺人临殁，谆谆以家事属托芷庭兄弟。

恨不能抽戈斩病魔，二竖[①]侵陵，正哀怜弱女偕亡，无可挽回，又摧折一枝棣萼[②]；

料依然抱镜从夫婿，九原重会合，好报道诸昆受托，誓相关切，不抛荒半角篱门[③]。

注释

① 二竖：语出《左传·成公十年》："公梦疾为二竖子，曰：'彼良医也，惧伤我，焉逃之？'其一曰：'居肓之上，膏之下，若我何？'医至，曰：'疾不可为也，在肓之上，膏之下，攻之不可，达之不及，药不至焉，不可为也。'"后用以称病魔。

② 棣萼：比喻兄弟。《诗经·小雅》："棠棣之华，萼不韡韡。凡今之人，莫如兄弟。"

③ 篱门：竹篱简陋的门，它以竹、苇、树枝等编织而成。常借指隐居的茅舍。

苏定坡新汉布衣

定坡，缓不及事，亲友群诮让之，然其家不戒于火，坐是消耗，非尽人事之咎也。年六十生一子，即以是年卒。余与为密友，而力与心违，不能存恤其孤，可慨已！

董安于有弦不佩[①]，议者纷纷，集枯集菀[②]事之常，当知凡百繇天，项籍渡江非战罪[③]；

吴季札[④]无剑可悬，伤哉负负，一死一生情乃见[⑤]，安得藐孤属我，郈成分宅[⑥]慰遗灵。

注释

① 董安于有弦不佩：《韩非子·观竹》："董安于之心缓，故佩弦以自急。"此言缓不及事也。

② 集枯集菀（wǎn）：谓生死。菀，荣，指生。言命运不同也。《国语·晋二》："骊姬告优施曰：'君既许我杀太子而立奚齐矣，吾难里克，奈何！'优施曰：'吾来里克，一日而已。子为我具特羊之飨，吾以从之饮酒。我优也，言无邮。'骊姬许诺乃具，使优施饮里克酒。中饮，优施起舞，谓里克妻曰：'主孟啖我，

我教兹暇豫事君。’乃歌曰：‘暇豫之吾吾，不如鸟乌。人皆集于菀，已独集于枯。’里克笑曰：‘何谓菀？何谓枯？’优施曰：‘其母为夫人，其子为君，可不谓菀乎？其母既死，其子又有谤，可不谓枯乎？枯且有伤。’”

③ 项籍渡江非战罪：《史记·项羽本纪》：“项王自度不得脱，谓其骑曰：‘……我今卒困于此，此天之亡我，非战之罪也’。”

④ 吴季札：《史记·吴太伯世家》：“季札之初使，北过徐君。徐君好季札剑，口弗敢言。季札心知之，为使上国，未献。还至徐，徐君已死，于是乃解其宝剑系之徐君冢树而去。”后作吊唁故交之词。

⑤ 一死一生情乃见：《汉书·郑当时传》：“翟公为延尉，宾客填门。及废，门外可设雀罗。后复为延尉，客欲往，翟公大书其门，曰：‘一死一生，乃知交情；一贫一富，乃知交态。一贵一贱，交情乃见。’”

⑥ 郈成分宅：郈成子，春秋鲁大夫，名瘠，成子其谥也。《孔丛子·陈士义》：“昔者郈成子自鲁聘晋，过乎卫。右宰谷臣止而觞之，陈乐而不作，送以宝璧。反（返），过而不辞。其仆曰：‘日者右宰之觞吾子甚欢也，今过而不辞，何也？’成子曰：‘夫止而觞我，亲我也；陈乐而不作，告我哀也；送我以璧，寄之我也。若由此观之，卫其有乱乎！’过卫三十里，闻宁喜作难，右宰死之。还车而临，三举而归，反（返）命于君。乃使人迎其妻子，隔宅而居之，分禄而食之，其子长而反（返）其璧。”

又一联 代傅伯枚作

伯枚之父济川大令，与定坡为儿女婚姻，大令先卒，定坡在阛阓中[①]，日手史书一卷，勤诵不辍。

三徙难为范大夫[②]，四壁图书，何妨溷迹屠沽辈[③]；

九原傥遇先君子，一灯风雨，犹是当年香火情[④]。

注释

① 阛阓（huánhuì）：阛，市垣；阓，市之外门也，故通称市肆曰阛阓。《文选·魏都赋》："班列肆以兼罗，设阛阓以襟带。"

② 三徙难为范大夫：范蠡事越王勾践，灭吴报会稽之耻后，浮海出齐，齐人闻其贤，以为相。乃归相印，怀其重宝，间行以去，止去陶。故范蠡三徒，成名于天下，非苟去而已，所止必成名。

③ 屠沽辈：言出身寒微的人。《墨子·迎敌祠》："举屠、沽者置厨给事，弟之。"

④ 香火情：言志间道合的结盟。佛教徒的结社，因以香烟灯烛供佛而名。《旧唐书·白居易传》："与香山僧如满结香火社。"

沈孟南锡周邑侯

侯，四川新繁人，以庚申进士宰潭三年，年富力强，善政不可枚举，其救水灾、革揭差，则尤著者也。今之牧令率深居简出，城郭以外视若异乡。君则徒步减从，欲出即行，巡视所及，不惮艰险。虽远在一二百里之外，而人人听睹中常若有一县官来吾前者。故深山穷谷之氓愈畏法而愈感德焉，知县之名洵足当之而无愧。厥后洊擢监司，移宦于鄂大府。虽颇知之差使而已，未尝一绾印绶也。君历宰湖湘数县，廉俸所余分润同产者屡矣。至是以母忧[①]归，宦橐[②]萧然，诸兄弟大失所望，又皆武人粗暴，至有拒绝入门者，家庭之变，一至斯极。君既衋然[③]心伤，又忽为癫狗所噬，竟至不起。呜呼，酷矣！李义山诗云："城中猘犬[④]憎兰佩，莫损幽芳久不归。"君归而幽芳固无损矣！憎者乃若是其甚耶？允矣，廉吏可为而不可为也。

父母尊称谁克副，顾名思义，本当四境周知，勤劳耐苦似君稀，穷谷虽深，震惊耳目长官至；

监司虚位究无权，洁己奉公，依旧一囊羞涩[⑤]，冷落还家如客死，化民犹易，调和骨肉圣贤难。

注释

① 母忧：母亲的丧事。《后汉书·徐稺传》："及林宗有母忧，稺往吊之，置生刍一束于庐前而去。"

② 宦橐：犹宦囊。指官吏的收入。《诗经·大雅·公刘》："乃裹糇粮，于橐于囊。"

③ 盡（xì）然：悲伤痛苦。宋朝曾巩所著的《寄欧阳舍人书》："至其所可感，则往往盡然不知涕之流落也。"

④ 猘（zhì）犬：疯狗。比喻狂暴之徒。

⑤ 一囊羞涩：《唐类画》："晋，阮孚持一皂囊游会稽，客问囊中何物？曰：'但有一钱守囊，恐其羞涩。'"后人言钱之匮乏，曰"阮囊羞涩"。原书误为"差"。

汪子馥曾复邑侯

侯，钱塘人，有游闲公子之风。远孙、适孙，其家先辈也，兄弟皆以著述为业，藏书极富，今世所传振绮堂书是也。尝赠我先人书数种，铅椠精工，良足宝贵。又付余书目一纸，皆兵燹[①]中散佚者，托余访购，无以报命。君宰潭一年，安静无华，亦复风流自赏，迎合上官不屑也。有良子甫弱冠，秋闱后省父于岳州榷局，猝以瘵疾[②]亡。榜发中隽[③]惨不及，知君衋然[④]心伤，不久亦下世矣。

以强项令[⑤]，花县班春，书藏振绮堂中，善本分贻，还托王充勤过市[⑥]；

有长爪郎，玉楼赴召[⑦]，名在登科记里，昙花一现，何堪庾亮恸亡儿[⑧]。

注释

① 兵燹（xiǎn）：因战争所遭受的焚烧破坏。《宋史·神宗纪》："熙宁九年，诏珉州界经鬼章兵燹者赐钱。"

② 瘵（zhài）疾：即肺病。《诗经·大雅·瞻卬》："瞻卬昊

天，则不我惠。孔填不宁，降此大厉。邦靡有定，士民其瘵。蟊贼蟊疾，靡有夷届。罪罟不收，靡有夷瘳。”

③ 中隽：隽，本义为鸟肉肥美味道好。古时以小鸟为射的，射中为隽。科举时代喻为考中。

④ 畫（xì）然：悲伤痛惜貌。《书·酒诰》：“民罔不畫伤心。”孔传：“民无不畫然痛伤其心。”

⑤ 强项令：指东汉光武帝时洛阳令董宣刚正不为威武所屈。

⑥ 王充勤过市：《后汉书·王充传》：王充字仲任。家贫无书，常游洛阳市肆，阅所卖书，一辄能诵忆，遂博通众流百家之言。

⑦ 长爪郎玉楼赴召：《新唐书·李贺传》：李贺为人纤瘦，通眉，长指爪能疾书。又《李贺小传》：“长吉将死时，忽昼见一绯衣人驾赤虬，持一版，书若太古篆……长吉下榻叩头言，阿婆老且病，贺不愿去。绯衣人笑曰：‘帝成白玉楼，立召君为记’。少时，长吉气绝。”

⑧ 庾亮恸亡儿：《世说新语·伤逝》：庾亮儿遭苏峻难遇害，亮答诸葛道林书曰：“感念亡儿，若在初没。”

黄笠云传礼主政

君以进士官吏部主事，来南昌省其兄小麓大令，甫两月而病亡。时海氛孔炽①，君激昂慷慨，与余言辄呜咽欷歔也。

燕台②平步入曹司，鞶鼓海门喧，同甫高谈天下事③；

蠡泽④壮游依伯氏⑤，池塘春草歇⑥，惠连⑦犹是梦中人。

注释

① 海氛孔炽：海氛指中日甲午战争。孔炽：很猖獗，很嚣张。

② 燕台：燕昭王筑黄金台，此以喻京都。

③ 同甫高谈天下事：南宋陈亮字同甫。孝宗时多次上书朝廷，反对议和，力主恢复，因触怒当权者，三次被诬入狱，遂愤而回家治学。

④ 蠡泽：古有彭蠡或彭泽，即今之鄱阳湖，此言江西南昌。伯氏即兄也。

⑤ 伯氏：长兄。《诗·小雅·何人斯》："伯氏吹埙，仲氏吹篪。"高亨注："伯氏，大哥。"唐朝韩愈《复志赋》："常岁行之

未复兮，从伯氏以南迁。”

⑥ 池塘春草歇：谢灵运《登池上楼》：“池塘生春草，园柳变鸣禽。”传说谢康乐梦与族弟惠连相会得此佳句。谢灵运，曾袭封康乐公，故称。

⑦ 惠连：即谢惠连，《宋书·谢灵运传》：“灵运东还，与族弟惠连以文章赏会，共为山泽之游。”引喻兄弟。

李虎文煌茂才

君与余同研席，皆次山师门人也。为人古拙朴诚，深于时文，沈思邈虑，曲折奥衍，初阅之，难得其用意，反复求之，而始叹其微妙也。师尝云：“吾阅子文，头亦沉闷矣！”以不利场屋[①]，年逾四十，始博一衿[②]，授徒穷山，以寿终。

将举世聪明材力，尽消磨于八比三场，君尤雄视无余子[③]；

留古道迂拙朴诚，甘埋没在深山穷谷，我常高望想其人。

注释

① 场屋：科举时试士之地，言于广场中为屋也。

② 一衿：即秀才。《诗经·郑风》：“青青子衿，悠悠我心……青青子佩，悠悠我思。”

③ 余子：其余的人。《后汉书·祢衡传》：“大儿孔文举，小儿杨德祖。余子碌碌，莫足数也。”

何鼎丞燮明经

君衡山人，辛酉拔贡，在浏阳厘局多年，为贫而来，非所屑也。求书者多，而文实胜于书，尝为余审定文稿，批评允当，君方谦逊不遑，而余唯恐其言之不尽也。未几殁于浏阳，美才不能发舒，可慨已。

谋食真于谋道妨，栖屑①办军储，当谅高贤近时势；

能书尤以能文重，推敲定吾稿，可怜后世有谁知②。

注释

① 栖屑：往来奔波。《北史・裴安祖传》："后有人劝其仕进，安祖曰：'高尚之事，非敢庶几，但京师辽远，实惮于栖屑耳。'"

② 可怜后世有谁知：《南史・任昉传》："王俭乃出自作文，令昉点正，昉因定数字。俭拊几叹曰：'后世谁知子定吾文！'"

杨西庚宝吾大令

君，靖州人，辛酉拔贡，补授台湾嘉义知县。爱民，民亲之，每出，老弱妇女环呼老爹。因署中幕友生日，女伶侑酒①，被上官诘责；君负气触忤，遂至罢官，然夷然不以介意也。性嗜酒，醉墨淋漓，作草隶，尤善吹笛。亦喜作诗，诗则不甚工也。有二爱妾，常以夸诸人。及归，旧有田场，仅足自给，非倚官为活计者，故能潇洒自如，以高寿终。

要为强项，耻再折腰②，忍俊那能禁，笔一管、笛一枝，不恨夺官，风流小过袁于令③；

得遂归心，常开笑口，遗荣复何累，田未荒、妾未老，无多酌我，消受狂名盖次公④。

注释

① 侑酒：即侑觞，谓劝酒也。

② 折腰：《晋书·隐逸传》："陶叹曰：'吾不能为五斗米折腰，拳拳事乡里小人邪！'"

③ 袁于令：清朝吴县人。字令昭，号箨庵。诸生，精于音

律，以事褫衣衿。顺治初，苏郡士绅投诚，浼于令作表。拟京官议叙荆州守，监司（有监察州县之权的地方长官简称）。谓之曰："闻公署中有三声，弈棋声，唱曲声，骰子声。"于令答曰："闻大人公署中亦有三声，天平声，算盘声，板子声。"监司大怒，揭参落职。

④ 盖次公：《汉书·盖宽饶传》载：宽饶字次公。一日，赴许伯宴，稍迟。许伯自酌曰："盖君后至。"宽饶曰："无多酌我，我乃酒狂。"

祁文恪公尚书

公讳世长，寿阳人，文瑞公之子也。宦二部尚书，历礼、兵、刑、吏、户五部侍郎，又补授左御史。先君考取景山教习，文瑞公为阅卷大臣，熙应庚辰朝考，公又阅卷，文中误写一字，公为掩覆，得列高等。公廉悦谦和，忠于谋国，时事孔棘，外伯内讧，皆疏痛切言之。其他如借洋款，开铁路厂矿，皆力陈其不可，具见益吾[1]阁学所撰公神道碑中，兹其荦荦大者，其余懿行尤多。

六卿台省遍回翔，当外人要挟，屡进早囊[2]，愤语小朝廷[3]，定传岛国千金购；

两世门墙通沆瀣[4]，以贱子文章，谬加青睐，师恩重山岳，空悲陆氏一庄荒[5]。

注释

① 益吾：即王先谦。

② 早囊：即皂囊，古代百官上书奏机密事，皆用皂囊封缄呈进，名为封章，亦称封事。汉雄《赵充国颂》："营平守节，屡奏

封章。”

③ 小朝廷：讥讽偏安局面。南宋秦桧决策和金，胡铨抗疏言：“臣宁有赴东海而死，宁能处小朝廷求活耶。”胡铨戊午上高宗言事，被投降派斥为凶悖，受到严罚，而人民同情，立刻印刷传育，以致金人募其书千金。

④ 沆瀣（hàngxiè）：谓彼此契合，意气相投。清朝冯桂芬《重建张忠敏公祠记》：“盖有瓣香之诚，沆瀣之契焉。”

⑤ 陆氏一庄荒：唐朝李冗《独异志》卷下：“唐崔群为相，清名甚重。元和中，自中书舍人知贡举。既罢，夫人李氏因暇日常劝其树庄田以为子孙之计。笑答曰：‘余有三十所美庄良田遍天下，夫人复何忧？’夫人曰：‘不闻君有此业。’群曰：‘吾前岁放春榜三十人，岂非良田耶？’夫人曰：‘若然者，君非陆相门生乎？然往年君掌文柄，使人约其子简礼，不令就春闱之试。如君以为良田，则陆氏一庄荒矣。’群惭而退，累日不食。”后遂以“陆氏庄荒”为在科举考试方面杜绝行私请托之典。陆氏指唐相陆贽。

邵汴生师[1]

师讳亨豫，官湖南巡抚，熙即己卯会覆所取优贡生也。明年应朝考，师又为阅卷大臣，在京谒见数次，频加奖勉。是年出都最迟，几有金尽裘敝之叹，而辜负期望，以迄于今，尤可愧也。师不愿为外官，闻内召为礼部侍郎甚喜，故入都时，题定王台楹联有“愿长倚日月光华”之语，表夙心也。

官师责重是封疆，愿长依日月光华，自诩登仙班景倩[2]；
师弟情亲在京都，愧终阻风云径路，谁怜逆旅马宾王[3]。

注释

① 邵汴生师：邵亨豫（1817—1883），字汴生。清江苏常熟人。道光三十年（1850）进士，曾官湖南巡抚。为吴熙座师。

② 班景倩：唐卫州汲人。官国子祭酒，以儒名家。自采访使人为大理少卿。过大梁，刺史倪若水饯之。立望其行尘，久之乃返，谓官属曰：“班生此行，何异登仙。”

③ 谁怜逆旅马宾王：《新唐书·马周传》：“马周字宾王，博州茌平人。……舍新丰，逆旅主人不之顾，周命酒一斗八升，悠然独酌，众异之。”

谭心兰（沄）校官[①]

心兰为次山先生之子，先生余受业师也。君躯干短小，行步如跃，博观强记，目力绝伦，算法极精，尤邃于天文地舆之学。著有《春秋日月考》《禹贡章句》《国语地名考》诸书。其未刊者尚有数种，以举人官郴州学政，十余年俸所入，悉以购书，年逾六十，一日手执一编，立于户外，忽向后颠仆，扶起气已绝矣，委蜕之速有如此者！子诸生能负荷先业，余深为师门庆也。

孔经日月，禹贡山川，朴学[②]极精深，看履约[③]冠钵[④]韫匮[⑤]九流，通胜[⑥]真为老博士；

弱不胜衣，死如脱屣，冷官本清苦，将禄米束修购书万卷，干隐[⑦]依然穷秀才。

注释

① 谭心兰（沄）校官：谭沄，字心兰，湘潭县人，举人。谭半农的堂弟，生于道光九年（1829）二月，从学于谭半农。同治十三年（1874）任郴州学正。

② 朴学：即考据之学。《汉书·欧阳生传》："倪宽有俊材，初见武帝，语经学。上曰：'吾如以《尚书》为朴学，弗好，及

闻宽说，可观’。”

③ 绚（qú）：用布麻丝缕搓成绳索，网罟。

④ 钵（shù）：长针。

⑤ 韫匮（yùnkuì）：藏在柜子里。元朝赵由侪《思亲诗》：“珍藏归韫匮，大孝慕终身。”

⑥ 通胜：本意为通书。此处指博览群书。

⑦ 干隐：指侵吞的财物。《新唐书·裴延龄传》：“延龄尝奏句获乾隐二千万缗，请舍别库为羡余。”

王理庵启原校官[①]

理庵为宿学，子佩名荣兰者之子。子佩无书不读，读则悉记，历久不忘，并某卷某叶某行亦记之，历验不爽，洵异人也。理庵亦强记，凡僻书杂说，人所弃者，独收之，盖性之所近使然。至于缀文，则父子皆拙也。以名诸生为学使，奏荐选授学官，修俸所人，悉以购书，贫如故也。死无子，亦未见有著述。

性能强记，文笔则非其所长，搜罗僻事琐言，丹黄[②]殆遍多糟粕；

心好异书，修俸之留余有几，叹息闲曹[③]冷官，清白欲贻无子孙。

注释

① 王理庵启原校官：王启原（？—1898），字理安，号君豫，王荣兰之子，贡生，曾官江华训导兼摄永明教谕。曾辑编曾国藩日记、家训、读书录等。

② 丹黄：旧时点校书籍用朱笔书写，如遇错字时则用雌黄涂抹，故称点校文字的丹砂和雌黄为丹黄。《儒林外史》十一：每日丹黄烂然，蝇头细批。

③ 闲曹：闲散的官职。

李梓濒和卿大令

梓濒临湘人，以庚辰进士分发江西，初宰都昌，以县试卷费事，大受士人凌侮。君忿欲弃官，携印诣郡，经邑绅以礼慰留，勉强终任。与黄小麓为莫逆。先后补授上犹[①]，同为悃愊无华[②]之吏，同无宦囊[③]，同屈抑郁郁以死，又同劝余安逸读书，勿作粗官，免堕苦海。余深感其意，夫因噎废食，惩羹吹齑[④]，愿非学人之通识。然以非才性所宜，避而不为，亦未尝非明于审已之道，故余虽穷居，蹭蹬至志而不悔，非必有鉴于二子之前车也。

好官断弗忍仇视斯民，无如羊狠狼贪[⑤]，一亵成严难措手；

贤者每不免屈居卑位，徒使芝焚蕙叹[⑥]，欲规进取竟灰心。

注释

① 上犹：江西上犹县，位于赣州西部。

② 悃愊（kǔnbì）无华：至诚而不虚浮，形容真心实意，毫不虚假。

③ 宦囊：指做官所得的财物。《还魂记·训女》："宦囊清苦，也不曾诗书误儒。"

④ 惩羹吹齑：指曾被热汤烫过的人，心存警戒，吃冷食时也要用口吹一下。比喻曾吃过大亏而心怀戒惧，遇事过分小心。《楚辞·九章》：“惩于羹者而吹齑兮，何不变此志也?”

⑤ 羊狠狼贪：喻恣取也。《史记·项羽纪》：“因下令军中曰：‘猛如虎，狠如羊，贪如狼，强不可使者，皆斩之。’”唐朝韩愈《郓州溪堂》诗：“孰为邦蟊，节根之螟；羊狠狼贪，以口覆城。”

⑥ 芝焚蕙叹：陆机《叹逝诗》：“信松茂而柏悦，嗟芝焚而蕙叹。”喻同类相悲也。

周简庭茂才

君与黄曙轩读书忏心寺，余过访辄留宿。君喜阅吴康斋集，以其处贫之法自宽，盖笃修之士也。厥后，迁归于乡，音问遂绝，然意中恒慕恋其人。今闻君葬时，有五色云垂临其圹，乡人皆见之，亦异矣！

忏心古寺[1]话书灯，穷士遣穷愁，能学吴康斋[2]暗修最密；

翘首异云垂宰树[3]，善人迎善气，竟符韩魏公胪唱之祥[4]。

注释

① 忏心古寺：在湘潭城垣边，四面佛北侧，系高塘李氏家庙，后办族校。

② 吴康斋：即吴与弼。明，崇仕人，学者称康斋先生。

③ 宰树：墓上的树木。《文苑英华》："宿草行没，宰树方攒。"

④ 韩魏公胪唱之祥：科举时代，进士殿试后，皇帝召见，按甲第唱名传呼，称胪唱。《宋史·韩琦传》："（韩）琦风骨秀异，弱冠举进士，名在第二。方唱名，太史奏日下五色云见，左右皆贺。"韩琦封魏国公。

黄小麓传羲大令

小麓，长沙人，以举人随牒江西，清才屈于俗吏，可惜也。拙于事上，宰湖口时，新抚入境，以供应稍迟，遂至触忤。有解结者，反甚其怒；于是，投闲置散者垂十年。厥后，真除[①]上犹，地瘠民顽，又以宽慢获咎，被议左迁，贫不能归，郁郁为寓公[②]以死，尤足悲矣！君算学不及其弟传祁，而经术过之，所著《三代筮法志》《释遇艮之八》等语，至为精凿。尤邃于易，著有《易传》，手自编录，多出新意。说水火既济、火水未济二卦，皆有鬼方曳轮，谓今日泰西之事，圣人先已知之。石破天惊得未曾有，亦可谓奇而法者欤？君气韵蕴藉，风度冲夷[③]。尝见服一新袍，其仆覆羹污渍襟袖，君徐起拭之，了无忤色。余曰，今之刘宽[④]也。闻者咸服其雅量。

龟筮[⑤]之法，牺经之文[⑥]，天根月窟[⑦]力能穿，匪夷所思[⑧]，解颐[⑨]别有说经趣；

廉吏难为，上官难事，五角六张[⑩]穷到死，早知有命，折腰胡不弃官归。

注释

① 真除：实授官职。

② 寓公：谓寄居他乡官吏身份的人。《礼记·郊特》：特诸侯不臣寓公，故古者寓公不继世。

③ 冲夷：冲和平易。

④ 刘宽：《后汉书·刘宽传》记载，夫人欲试宽令恚，伺当朝会，装严已讫，使侍婢奉肉羹，翻污朝衣。婢遽收之，宽神色不异，乃徐曰："羹烂汝手？"其性度如此。海内称为长者。

⑤ 龟筮：占卦。古时占卦用龟，筮用著，神其象与数以定吉凶。《书经·洪范》：龟筮共违于人，用静吉，用作凶。

⑥ 牺经之文：谓伏羲《易经》中八卦。

⑦ 天根月窟：出自邵雍《观物吟》："天根月窟闲来往，三十六官都是春。"这是周易的思想，指阴尽阳生，阳尽阴出，阳消阴长、阴消阳长，来往反复，就是阴阳升降出入的圆运动。

⑧ 匪夷所思：不是根据常理所能想到的。《易经·涣》：涣其群，元吉。涣有上，匪夷所思。

⑨ 解颐：开颜欢笑。《汉书·匡衡传》：无说诗，匡鼎来，匡说诗，解人颐。

⑩ 五角六张：比喻遇事不顺遂。角、张，星宿名。

黎伯崿景嵩[①]太守

伯崿，官台中、台南知府，甲午之役，守至三月之久，得有辞而谢外人，乃距期仅十余日，而饷尽援绝，全台遂属日人矣。台民送君内渡，转徙崎岖，仅以身免，可慨也夫。君挥金如土，身后不名一钱。其妇性妒，君负气多纳姬妾，将以儆之，然亦累矣。庚戌三月，客死武昌，其姬妾犹分寓于闽鄂湘三处。

台澎郡将以君终，徒企望二三豪俊，投袂而兴，弃地要能收。傥分屯海上雄兵，赵佗[②]大好王南越；

江汉寓公随鹤去[③]，早挥霍百万金钱，一簪不著，罢官何足惜。独多占人间艳福，范蠡到处载西施[④]。

注释

① 黎伯崿景嵩：黎景嵩（1847—1910），原名锦方，号伯鄂、宪甫，笔名思痛子。1895 年，曾任抗击倭寇战时“台湾民主国”的国会议长、国务委员、台湾知府。多次重创犯台日军。晚年黎景嵩以文史为乐事，著有《台海思痛录》。宣统初，创办湘潭首家电灯有限公司，《湘潭市志·电力史》称之为湘潭电力工业的

发端。

② 赵佗：（约前240—前137），即南越武王，恒山郡真定县人，秦朝南海龙川令，南越国创建者。原为秦朝将领，与任嚣南下攻打百越。秦末大乱时，赵佗割据岭南，建立南越国。汉高祖三年（前204）至建元四年（前137）在位。

③ 寓公随鹤去：寓公，指失地而寄居他国的诸侯。随鹤去，言客死武昌。《太平寰宇记·武昌府》：蜀费文伟登仙，尝驾黄鹤憩此。

④ 范蠡到处载西施：越王勾践败于会稽，范蠡取西施献于吴王夫差。吴亡，西施复归范蠡，从游五湖。

彭仁斋岳奎封翁

仁斋以商致巨富，起大宅，奉母以居。性俭让，绝不与人校。长吏礼待，不肯造请，其标寄如此。事具王湘绮暨余所撰志传中。长子闿异[①]敦志行，尚雅道，奉父命，从余受业。

大隐在嚣尘，奉母清闲，耻于当路[②]；

亢宗[③]有令子，得人负荷，胜享高年[④]。

注释

① 闿异：即彭岳奎（字仁斋）之长子彭闿异，吴熙学生，也是吴熙《绮霞江馆联语偶存》的编印者，其父彭岳奎为富商，生平待考。彭闿异字次英，湘乡人。民国八年（1919）为湘潭商会会长。民国元年（1912）曾与肖丽生等人集资18万两，在长沙创麓山玻璃厂，实为近代工业化先驱之一。

② 当路：当仕路，掌握政权之人。《孟子·公孙丑上》："夫子当路于齐。"

③ 亢宗：庇护宗族；光耀门庭。旧时谓能扩大家族权势者曰"亢宗之子"。《左传·昭公元年》："吉不能亢身，焉能亢宗？"

④ 高年：指老人。《汉书·武帝纪》："奉高年，古之道也。"

王莼浦时迈太守

君率师平定甘回，归乡领兵三十余年，与军士相首尾。在陇时，有疲贼老弱数千人，主将谋聚而歼旃。君知不能为患，立命发纵遣之。是夜闻群鬼聚哭声，盖冤魂有感而然，亦异事也。前七年遭妻丧，君悼亡诗有云："黄泉有约重相见，待我迟来十五年。"以相者言寿至九十，故云尔也。今八十有二而终，世局腥臊[①]，知君不以寿为福矣！

出处门领军为事，保安乡国，全资范老甲兵[②]，怜羌戎留一气所生，数千人开释无辜，群鬼哭啾啾，白骨有冤争欲诉；

禄命如相君者言，厌苦尘氛，甘弃荣公岁月[③]，想伉俪定转悲为喜，十五年悼亡有约，扬灵来剡剡[④]，黄泉何幸早相依。

注释

① 腥臊：比喻秽恶的事物。《国语·周上》："国之将亡……其政腥臊，馨香不登。"

② 范老甲兵：语出宋朝孔平仲《孔氏谈苑·军中有范西贼破胆》："贼闻之曰：'无以延州为意，今小范老子腹中有数万甲兵，

不比大范老子可欺也。'戎人呼知州为老子，大范谓雍也。"有联云：孔子三千弟子；范老十万甲兵。又，楚项羽江东有八千子弟；宋仲淹胸中具数万甲兵。

③ 荣公岁月：荣启期，春秋时隐士。语孔子，以得为人，又为男子，又行年九十，为三乐。

④ 扬灵来剡剡（yǎn）：扬灵，显示神灵。剡剡，大放光芒貌。《楚辞·离骚》："皇剡剡其扬灵兮。"

又一联 代曾洪章作

莼浦病时，交卸乡兵事，荐宋鹤汀自代，大府允之。

庞德公无事不肯入州门[1]，有时风送帆来，就叩柴荆频顾我；

陶宏景在山依然闻国政[2]，今日月教星替，保全桑梓得其人。

注释

① 庞德公无事不肯入州门：《后汉书·逸民传》：庞德公居岘山之南，未尝入城府。荆州刺史刘表数延请，不能屈，乃就候之。后遂携其妻子登鹿门山，因采药不反。

② 陶宏景在山依然闻国政：南朝梁时陶弘景，隐居茅山，屡聘不出，梁武帝常向他请教国家大事，人们称他为“山中宰相。比喻隐居的高贤。

欧阳价人蕃封翁

价人，广结纳，多豪举，邑中利济事，知无不为，官府客帮，皆通声气，故事易举。具详王湘绮舟园记中。虽有诋毁之者，然实总市不可无之人也。所居舟园，颇擅林亭之之胜。子翥，官光化知县。

大都会推君为一世雄，散财似范少伯[①]，排难似鲁仲连[②]，史传许兼收，在货殖游侠[③]中，非常气概；

老封翁有子官百里宰，宴喜则陆大夫[④]，优养则疏太傅[⑤]，舟园怕重过，是酒垆邻笛[⑥]处，无限悲凉。

注释

① 散财似范少伯：《史记·越王勾践世家》：范蠡字少伯，在齐时，乃归相印，尽散其财，以分与知友乡党。

② 排难似鲁仲连：《史记·鲁仲连传》：平原君乃置酒，酒酣起前，以千金为鲁仲连寿。鲁连笑曰："所贵于天下之士者，为人排患释难解纷乱而无取也。即有取者，是商贾之事也。而连不忍为也。"

③ 货殖游侠：《史记》书篇中有货殖、游侠列传。范少伯，史载货殖列传。

④ 宴喜则陆大夫：陆贾。有五男，乃出所使越橐中装，卖千金，分其子，子二百金，令为生产，宴喜于诸子之间。

⑤ 优养则疏太傅：《汉书·疏广传》记载，地节三年，丙吉迁御史大夫，广徒为太傅。后广归乡里。又此金者，圣主所以惠养老臣也，故乐与乡党宗族共飨其赐，以尽吾余日，不亦可乎！

⑥ 邻笛：三国魏嵇康、吕安被司马昭杀害后，他们的好友向秀过嵇的旧居山阳，听到邻人的笛声，怀亡友感音而叹，于是写了一篇《思旧赋》。见《晋书·向秀传》。后用为哀念亡友的典故。

又一联 代紫谷道人作

价人常招紫谷饮于舟园，第年菊花盛开，必以数盆相赠，及卒，紫谷纠合黄冠[①]为作道场。

六一琴尊[②]忝下交，忆频年黄菊分香，较胜白衣多送酒[③]；

五千经卷[④]资冥福，看今日绿章[⑤]上奏，招来青鸟[⑥]导登仙。

注释

① 黄冠：谓道士。《新唐书·李淳风传》记载，李淳风父播，事隋高唐尉，弃官为道士，号“黄冠子”。

② 六一琴尊：《宋史·欧阳修传》记载，欧阳修自号“六一居士”，自为传曰：“吾集古录一千卷，藏书一万卷，有琴一张，棋一局，而常置酒一壶。以吾一翁老于其间，是为六一。”

③ 白衣多送酒：《续晋阳秋》记载，晋朝陶潜好酒而不能常得，九月九日于宅边东篱下菊丛中摘菊盈把，坐于其侧，未几，江州刺史王弘命白衣人送酒至，即便就酌，酣饮而归。

④ 五千经卷：指道教的经书。《史纪·老子列传》记载，老子乃著书上下篇，言道德之意五千余言而去，莫知其所终。

⑤ 绿章：旧时道士祈天时用青藤纸朱书所写的奏文。李贺《为吴道士夜醮作》诗句云：“绿章封事谘元父，六街马蹄浩无主。”

⑥ 青鸟：又名三足鸟，传说侍王母旁，后人言使者为青鸟。李商隐《无题》：“蓬山此去无多路，青鸟殷勤为探看。”

谭祖庚部曹 代匡策吾作

祖庚为文勤公季子，与祖庵太史同母，性敏悟。策吾，其蒙师也。卒年仅二十有八。

平原公子[①]，争将丝绣慕丰神[②]，况荣叨恩荫，清侧京僚，又曾依马帐[③]谈经，绝爱聪明净冰雪[④]；

长吉少年[⑤]，何意玉楼催赴召，正上有慈亲，下息弱息，都迸入鸰原[⑥]心绪，代肩职事慰泉台。

注释

① 平原公子：《史记·平原君列传》记载，平原君赵胜者，赵之诸公子也。李贺《浩歌》："买丝绣作平原君，有酒唯浇赵州土。"

② 丰神：谓容态也。张淮《牡丹百咏》诗："南威不敢斗丰神，除是杨家有太真。"

③ 马帐：谓受业也。《后汉书·马融传》："常坐高堂，施绛纱帐，前授生徒，后列女乐。"

④ 聪明净冰雪：杜甫《送樊二十三侍御赴汉中判官》："冰

雪净聪明，雷霆走精锐。”

⑤长吉少年：唐朝李贺，字长吉。按《新唐书·李贺传》言，贺年二十七。

⑥鸰原：《诗经·小雅》：“脊令在原，兄弟急难。”脊令即鹡鸰，言兄弟相恤。

荆室罗孺人

孺人寿至七十而终，晚年持斋诵呗，奉佛蠲诚。庚戌七月，猝得手足枯痿之患，医药罔效，余方虑其磨床，乃未十日而委蜕矣。十二日催家人速祀祖先，曰："我明日必去。"果于十三日午正，端坐而逝，神识湛然，遗命家人，无一支离语，殆真有得于禅悟而然耶，余转为孺人幸也。

五十载与为伉俪，何图中道分离，情不能忘者，共母丧六年，往事付东流，已了却萍因絮果[①]；

婚嫁后虔奉菩提，或有隐衷忏悔，病无可为矣，犹神光四照，灵魂向西笑，差免得带水拖泥[②]。

注释

① 萍因絮果：即兰因絮果。兰因，喻美好的因缘；絮果，喻离散的后果。多用以喻婚媾之善始而无善终。

② 带水拖泥：即拖泥带水，喻不干脆利落。《沧浪诗话》："语贵脱洒，不可拖泥带水。"

欧阳峙楠福学博

君为靖州祁阳学官，修脯[①]所入，粗足自给。性嗜酒、每饭必饮，是真以曲蘖[②]为性命者。通医学，曩诊余脉，决以必死，朋好中多信之，岂知死反在君后耶，甚矣！脉之难言也。

每羡君雄长一学，以道得民，并闻种秫[③]有田，不减步兵饶美酒[④]；

曾为我诊视沉疴，伤心必死，讵料散樗[⑤]多寿，翻留病叟泣膏兰[⑥]。

注释

① 修脯（fǔ）：旧时称送给老师的礼物或酬金。修，通"脩"。干肉。清顾炎武《与潘次耕札五首》之二："今以百金之修脯，而自侪于狎客豪奴，岂特饥渴之害而已乎？"

② 曲蘖（niè）：酒曲。《书·说命下》："若作酒醴，尔惟曲蘖。"代指酒。《宋书·颜延之传》："交游阘茸，沉迷曲蘖。"

③ 种秫：秫，即高粱，酿酒原料。陶潜《和郭主簿·其一》："春秫作美酒，酒熟吾自斟。"

④ 步兵饶美酒：《晋书·阮籍传》记载，籍闻步兵厨营人善酿，有贮酒三百斛，乃求为步兵校尉。籍嗜酒能啸，善弹琴。后人称为阮步兵。

⑤ 散樗（chū）：语意出《庄子·逍遥游》，本指像樗木那样被散置的无用之材，比喻不合世用，多用为自谦之辞。

⑥ 泣膏兰：《汉书·龚胜传》："死时年七十九岁……有老父来吊，哭甚哀，既而曰：'嗟呼！薰（即兰）以香自烧，膏以明自销，龚生竟夭天年，非吾徒也'。"

欧阳母许太夫人

夫人为价人封翁之正室。二子翥、翔皆庶出也，其生母尚存，年已老矣。夫人之殁，距其夫亡仅后一年。翔为余受业弟子。

诰褒贤母，出自太岳名门，慨封翁弃养[1]捐尘，一弹指而追随长逝；

礼摄女君，犹有成侯命妇，愿令嗣节哀顺变，同保身以送往事居。

注释

① 弃养：谓父母死亡。人子当奉养父母，故谓父母死曰弃养。苏廷《章怀太子良娣张氏神道碑》："粤景龙二载孟夏之月，遘疾弃养于京延康第之寝。"

又一联 代友人作

相夫犹易别夫难，仅为一载未亡人[①]，遽相随同穴同归，九地幽宫免孤寂；

君母虽徂亲母在，追忆三迁辛苦日，应不禁且悲且喜，两枝慈竹判枯荣。

注释

① 未亡人：系指亡夫之妻。《左传·成公九年》：“穆姜出于房，再拜曰：‘大夫勤辱，不忘先君，以及嗣君，施及未亡人’。”

曾卓书 代曾洪章作

卓书父举孝子，入祀黉宫，卓书又营义田、义学，利其族人。日诵《感应篇》[1]，行运气之法，忽焉中痰，昏迷遽卒。洪章交情甚笃，前数年曾中风，今犹健在，盖修短各有数也。

尊翁敦孝女，表章先德，馨香奉祀瞽宗[2]，君之快事此其尤，又营建义庄义塾，惠普孤寒，族望竞推崇，式好[3]无犹问谁最；

家政付儿孙，讽诵仙经，导引冀延眉寿，人到暮年难自主，忽神情如醉如痴，祟缠二竖，余身亦衰老，同病相怜唤奈何。

注释

①《感应篇》：书名《道藏太上感应篇》。

② 瞽宗：殷代学宫也。《周礼·春官宗伯·大司乐》："凡有道者，有德者使教焉，死则以为乐祖，祭于瞽宗。"

③ 式好：《诗经·斯干》："兄及弟矣，式相好矣，无相犹矣。"后常以"式好"谓骨肉和好。

绮霞江馆联语再续存

朱翁雨田昌琳

多福多寿多子孙，具备箕畴[①]全福五[②]；

是侠是儒是仙佛，允当天下达尊三[③]。

注释

① 箕畴：指《书·洪范》之“九畴”。相传“九畴”为箕子所述，故名。宋朝张孝祥《水龙吟·望九华山作》词：“料天关虎守，箕畴龙负，开神秘、留兹地。”明朝王錂《春芜记·庆寿》：“会‘箕畴’敛福，轩筴长春。”清朝钱谦益《兵部尚书李公神道碑铭》：“皇天何私，荷此百禄，‘箕畴’有征，惟德作福。”

② 全福五：旧时言五福骈臻。《尚书·洪范》：“五福，一曰寿，二曰富，三曰康宁，四曰攸好德，五曰考终命。”

③ 达尊三：《孟子·公孙丑下》：“天下有达尊三。爵一，齿一，德一。”

许济舟翁楫金[1]

翁有才干口辩，善排难解纷，不受人报谢，且能解囊以周人急，乡里德之。修敕家法，以遗子孙，盖隐于市井而以寿终者也。

居市井有清名，桐帽棕鞋，早脱尽尘容俗状；

作铭词无愧色，素车白马[2]，最怆怀古昔先民。

注释

① 许济舟翁楫金：即许乃玉之父许楫金（1803—1874），字济舟，许铭鼎、铭彝、铭常之祖父。吴熙为其撰有墓志铭，见附录。

② 素车白马：古代用于凶丧。《后汉书·范式传》：“乃见素车白马，号哭而来。”

又一联 代仲藩侄作

惜先生豪气郁心胸，卓识长才，泯没未肩艰巨任；

与哲嗣[1]交情同骨肉，抚今追昔，典型痛失老成人。

注释

① 哲嗣：敬称他人之子。明朝张居正《答司成姜凤阿》：“儿曹寡学，幸与哲嗣同登，奕世之交，殆亦非偶。”清朝赵翼《六哀诗·汪文端公》：“尚喜哲嗣贤，曳履云霄上。”

苏厚生宗筌

厚生以货殖起家，笃于孝友，多人所难能者。李石贞观察、赵芷荪提学皆与之善。申之以婚姻，则士大夫重其人可见矣。

时运助多能乃有此耳，和于众，丰于财，只手妙回旋，真堪与长袖善舞[①]为比例。

孝友原庸行一自贤者，为其难，擅其美，快心共惊异，遂如读击节叹赏之奇文[②]。

注释

① 长袖善舞：《韩大旱子·五蠹》鄙谚曰：“长袖善舞，多钱善贾。”联云“长与袖善为比例”，实言多钱善贾也。

② 击节叹赏之奇文：奇文指《蜀都赋》。此喻以货殖起家。

秦母袁太夫人①

太夫人为子质军门，子和观察之母，有子五人。

起居八座太夫人，月帔花冠，寿觞举，慈颜和，天语宠以阿婆多福；

三十余年老兄弟②，龙文虎武，孝啮指③，忠涅背④，家训传有贤母在堂。

注释

① 秦母袁太夫人：即秦簧之夫人袁氏。秦簧（1824—1890），字甲峰，号鹿笙，又作麓生，湘潭人，清同治三年（1864）举人。曾任宁波知府。其子秦炳直，字子质，号习冠。光绪元年（1875）举人，官广东提督。

② 三十余年老兄弟：元遗山《与同年敬鼎臣宿顺天天宁僧舍》诗句。

③ 孝啮指：《初潭集》记载，曾子从仲尼在楚而心动，辞归，问母。母曰："思尔啮指。"孔子曰："参之孝，精感万里。"

④ 忠涅背：涅，黑色染料。《宋史·岳飞传》："桧遣使捕岳飞父子……飞裂裳以背示铸，有'精忠报国'四大字，深入肤理。"

何靖臣承鑫[①] 茂才

辛亥之变，茂才馆于惠州，劝其主帅死，许以同死，竟死。茂才之大父中瀚，咸丰甲寅，粤寇陷城，骂贼而死。以节义世其家，可悲尤可敬也。

家风用节义为贻谋，无忝乃祖；

平日以英雄自期许，多见其人。

注释

① 何靖臣承鑫：何承鑫（1856—1911），原名经度，字式如，号荩臣，又作靖臣，晚号性存（一作字性存），湘潭人。县学附生。得知县沈锡周赏识。光绪二十九年（1903）同县秦炳直官广东，延承鑫教其子，炳直擢提督，承鑫随往，兼参军事。辛亥武昌兵起，其知惠州不能守，自缢死。今有《二如遗稿》二卷行世。事见罗正钧、秦炳直、李可宗等所著何承鑫传及墓志铭。

匡省吾震之

省吾，为策吾之弟，性直率，敢言，既而绝口不道时事。与余同时久病，而君死矣。

狂言可怕忽三缄[①]，知伯兄讽劝有辞，笑指口中惟饮酒；

同病相怜拚一死，得吾子请前为乐，愿要身后共斯邱[②]。

注释

① 三缄：慎言之谓也。汉朝刘向《说苑·敬慎》："孔子之周，观于太庙，右阶之前，有金人焉。三缄其口，而铭其背曰：'古之慎言人也，戒之哉，戒之哉！无多言，多言多败。'"

② 愿要身后共斯邱：要，平声，通"邀"；共斯邱：同葬此山邱。清朝张晋《秋日载园刺史约同人游瑕邱作》："斯邱载《檀弓》，遗迹幸未湮。"

左子异孝同[①]室王夫人

夫人乃璞山鑫[②]名将之女。

忠君爱父，锐司徒[③]女亦英雄，当年纳采问名，托蹇修为媒[④]，愿就璞公求将种（事具左文襄尺牍中）；

咏史赋都，左太冲[⑤]才原华妙，今日弃官归隐，知除服[⑥]已届（夫人没已一载，子异方由上海移榇归湘），正吟骑省悼亡诗。

注释

① 左子异孝同：左孝同（1857—1924），湖南湘阴人。字子异，一作子祀，晚号逸叟，又号遁斋。左宗棠季子。光绪十一年（1885）中举，纳资得道员。善书大小篆，能传其父之法。娶妻王氏，为王鑫之女。

② 璞山鑫：即王鑫（1825—1857），字璞山，谥壮武，湘乡人，为湘军早期重要将领。湘军老湘营部系王鑫一手创建、调教而成。王鑫著有《练勇刍言》等。

③ 锐司徒：官名。春秋时齐国置。盖主管锐（矛）类兵器。《左传·成公二年》：（保者）曰："锐司徒免乎？"

④ 蹇修为媒：《离骚》："吾令丰隆乘云兮，求宓妃之所在；解佩纕以结言兮，吾令蹇修以为理。"蹇修伏羲之臣也，后谓媒妁曰蹇修。

⑤ 左太冲：左思字太冲，名著中有《咏史》八首、《三都赋》一篇。

⑥ 除服：谓除丧服也。《礼记·丧服小记》："除丧者，先重者。易服者，易轻者。"

李母傅太孺人 代紫谷道人作

太孺人守节数十年，抚孤成立。子润生货殖钜富，事母恭顺，居市井，善排解，不受人钱帛，人钦佩之。母寿至八十，无疾而终，请紫谷为作道场。

有贤母八十载苦节抚孤，寝门孝子，闾里能人，凭依丹穴以财雄①，实由善报使然，富家大吉；

用乃祖五千言②仰资冥福，紫气朝来，绿章③夜奏，辞别黄乡径仙去，岂但几生修到，无疾而终。

注释

① 丹穴以财雄：谓货殖起家。《史记·货殖列传》："巴蜀寡妇也，能守其业。"

② 五千言：《史记·老子列传》："老子乃著书上下篇，言道德之意五千余言而去，莫知其所终。"又《列仙传》："老子西游，关令尹喜望见有紫气浮关，而老子果乘牛而过也。"杜甫《秋兴》："西望瑶池降王母，东来紫气满函关。"

③ 绿章：旧时道士祈天时用青藤纸朱书所写的奏文。李贺《为吴道士夜醮作》诗句云："绿章封事谘元父，六街马蹄浩无主。"

广西巡抚沈德全[①] 代匡策吾作

问谁使封疆大吏尽失兵权，事当无可如何，便能庇境安民，亦只得曲徇[②]舆情，屈躬迁就；

慨羁留边徼[③]一隅终非王土，势不得已而去，到此脱身归里，固犹是惧亏臣节，引咎彷徨。

注释

① 广西巡抚沈德全：应为沈秉堃（1862—1913），亦称沈秉坤。善化（今长沙）人。字幼岚。清末及民初政要。监生出身。宣统二年（1910）十月擢广西巡抚。1911 年武昌起义后，在广西革命势力的推动下，宣布独立，被推为广西都督，旋任湘桂联军总司令。与黄兴交好。

② 曲徇：顺从；曲从。宋朝司马光《论正家上殿札子》：“今陛下曲徇公主之意，不复裁以礼法，使之无所畏惮，陷入于恶。”明朝张居正《答三边总督》：“厉兵秣马，以待其变，不宜曲徇其额外之请，以自敝也。”

③ 边徼（jiǎo）：犹边境、界限。

陶矩林森甲观察①

书生报国是初心，晚陟祝融峰，无端俯仰悲身世；

海客谈瀛漫张口，遍游郁单越②，由来忠信涉波涛。

注释

① 陶榘林森甲观察：即陶忠祺（1853—1913），字榘林，亦字森甲，晚号而石老人。湖南宁乡人。随周达武入湘军，后纳资为内阁中书。1881 年，被刘锦棠聘为书记，入新疆办理营务。后经左宗棠奏调为福建军营差委。1887 年，陶森甲随洪钧出使德、俄、奥、荷等国，任柏林公使参赞。回国后，曾署理常镇通海兵备塈寿春镇总兵。1898 年，受刘坤一委派，出使日本。辛亥革命后，陶森甲归故里，在周震鳞等民国元老的推举下，任辰、沅、永、靖道观察史，他称病推辞。

② 郁单越：佛家四大部洲之一，以须弥山为中心的四海之北。

唐母袁太夫人

太夫人为老友倬人之配，倬人趋侍先君者数矣。时余方髫龄，与相接待。其后同客金陵，一日清兴忽发，拉余荡舟秦淮，坐无杂宾，觞豆管弦，尽欢而散。倬人先卒，太夫人年至九十有二，乃终。

夫君与先子结忘年[①]，幼时亲昵，壮岁追随，画舫看江山，白门[②]携手攀垂柳；

贤母在人间享全福，五代同堂，百龄上寿，云軿[③]渺仙路，黄乡遗发化灵蛇[④]。

注释

① 忘年：喻老幼之交。

② 白门：南朝刘宋都城建康城西门。西方属金，金气白，故称白门。后称金陵（南京）为白门。

③ 云軿（píng）：神仙所乘之车。以云为之，故云。南朝梁·沈约《赤松涧》诗："神丹在兹化，云軿于此陟。"

④ 灵蛇：《采兰杂志》记载，甄后入魏宫，宫有一绿蛇，口中恒有赤珠若梧子，每日后梳妆，则盘结为髻形于后前，后效之而为，巧夺天工，号"灵蛇"。

又一联 代前邑侯余价藩作

德曜[1]早称贤，朱门官贵，丹穴财雄，箕畴[2]全福迈寻常，五代又同堂，唐山自制寿人曲[3]；

灵昌[4]容久寓，夙仰家声，备闻母范，天女[5]多情来导引，万花如散雨，潘岳[6]难留一县春。

注释

① 德曜：即后汉梁鸿之妻孟光字德曜。夫妻隐居于霸陵山中，以耕织为生。后至吴。鸿为佣工，每食时，光必举案齐眉，以示敬爱。

② 箕畴：指《尚书·洪范》之“九畴”。相传“九畴”为箕子所述，故名。

③ 唐山自制寿人曲：《汉书·礼乐志》：又有房中祠乐，高祖唐山夫人所作也。周有房中乐，至秦名曰“寿人”。

④ 灵昌：又名灵昌津，在河南汲县东古黄河上。

⑤ 天女：佛教故事。《维摩经》：“维摩诘室有一天女，闻所说法，便现真身，即以天花散诸菩萨大弟子上。”

⑥ 潘岳：晋朝潘岳为河阳令，民有逋负者，令植桃一株，官为之输。及任满而去，一县皆花，人因号曰“花县”。

萧门席淑人

淑人为砚香[1]方伯之女孙，筱泉之子妇，其夫敷咏乃余授业弟子也，年未三十以娩难亡。

心性太聪明，名门爱女名门妇；

因缘轻了脱，一片昙花一片云。

注释

① 砚香：即席宝田（1829—1889），湘军将领。字研芗，又作砚香。湖南东安人。以诸生从军，败石达开，解宝庆围，同治间擒洪仁玕、洪天贵福。累功官至布政使，赠太子少保。其孙女嫁湘潭盐商巨富萧筱泉之子。萧筱泉之子萧敷咏是吴熙弟子。

又一联 代萧宜孙作

宜孙与叔琴为同产兄弟，以席氏姊妹为娣姒[①]。

诗学本无非（时叔琴之妇以笞婢为人所控，其实婢固无恙也。），何图娩难云亡，难宽慰吾昆伤悼；

礼经原不抚，可慨嫈砧[②]已断，只益增阿妹悲酸。

注释

① 娣姒：妯娌。兄弟之妻互称，兄妻为姒，弟妻为娣。《尔雅·释亲》：“长妇谓稚妇为娣妇，娣妇谓长妇为姒妇。”

② 嫈砧：即姊，屈原《离骚》：“女嫈之婵媛兮。”旧说“女嫈”是屈原的姐姐。女嫈亦曰“嫈砧”，砧，取捣衣之义。

朱伯玉上瀛学博

海山慈利人，以卒酉拔贡，选补湘潭学官，兼为昭潭书院监院，与余共研席四年。神情豪迈，气谊敦笃，学术亦有根柢，固一耐久朋也。及以忧归，遂不复通音问，其时文孙澹保仅四龄耳。今年曾保自京函告知君殁已六年，澹保亦年逾三十矣。君宿草已芜，追念前尘，深为悲感，而以澹保学业有成，又为地下故人喜也。爰补挽一联，并复书勖励澹保。

薄宦已中年，居然裙屐[①]风流，想见少年豪举态；

归田有遗草（君归后专事著述，从游者日众），仿佛屋梁月落[②]，梦亲宿草[③]老吟魂。

注释

① 裙屐：指修饰华美而无实学。《魏书·邢峦传》：“萧渊藻是裙屐少年，未洽治务。”

② 屋梁月落：杜甫《梦李白》：“落月满屋梁，犹疑照颜色。”

③ 宿草：指墓地上隔年的草，用为悼念亡友之辞。《礼·檀弓上》：“朋友之墓，有宿草而不哭焉。”

何佩兰 代曾淇璋作

曾翁与何至好，时沉疴在床，年已八十。

如可作也，谁与归？同君款款笑言，疑为隔世；

既痛逝者，行自念，留我奄奄气息，厌此余生。

唐鹏洲步瀛观察 代余价藩作

观察四川人，历任湖南剧邑[1]，有能名，官至劝业使。弃官后，卒于长沙，年七十矣。价藩亦蜀人，同官至好，而年辈在其后。观察尝令妻子出见，以后事付托之，如张朱故事[2]他。

始宰雷封[3]，终持风宪[4]，舆情[5]爱戴，争留老子婆婆[6]，何以官为，卢尨即侨居[7]，犹有唐蒙喻民意[8]；

处原共里，出又同僚，簿领[9]余闲，辄侍先生杖履[10]，而今已矣，朱晖虽后进，忍负张堪知己言。

注释

① 剧邑：谓政务繁重的县。《汉书·陈遵传》："乃举遵能治三辅剧县，补郁夷令。"

② 张朱故事：《后汉书·朱晖传》记载，晖同县张堪素有名称，尝于太学见晖，甚重之，接以友道，乃把晖臂曰："欲以妻托朱生。"晖以堪先达，举手未敢对，自后不复见。堪卒，晖闻其妻子贫困，乃自往候视，厚赈赡之。

③ 始宰雷封：雷封百里，此谓当知县。

④ 风宪：本指御史台，此指劝业使。

⑤ 舆情：民众的意愿。唐朝李中《献乔侍郎》诗：“格论思名士，舆情渴直臣。”

⑥ 老子婆娑：犹盘旋停留也。《晋书·陶侃传》记载，未亡一年，欲逊位归国，佐吏等苦留之……将出府门，顾谓王愆期曰：“老子婆娑，正坐诸君辈。”

⑦ 卢悊即侨居：《旧唐书·卢怀慎传》：“祖悊，为灵昌令，因徒焉。”卢怀慎的老祖宗是范阳人，祖父卢悊做过灵昌县令，所以就在那里安家落户。

⑧ 唐蒙谕民意：《汉书·西南夷传》记载，番阳令唐蒙风晓南粤……乃拜蒙为郎中将，将千人，食重万余人，从巴府关入，遂见夜郎侯多同，厚赐，谕以威德，均为置吏，使其子为令。

⑨ 簿领：文簿而记录之。刘桢《杂诗》：“沈迷簿领书，回回自昏乱。”

⑩ 杖履：扶杖漫步。辛弃疾《水调歌头》：“先生杖履无事，一日走千回。”

曾洪璋觐

君性孝友，已具详于前矣。其先世有名孝廉之蕙者，为君曾祖。子沅，诸生，能世其家学。君年至八十乃终。

谁云货殖传绝少仁贤，似兹纯孝性成，养志何惭曾闵行[①]；
本是读书家留贻种子，赖有后昆善继，缔交无限纪群情[②]。

注释

① 曾闵行：《史记·仲尼弟子列传》记载，曾参，南武成人，字子舆。孔子以为能通孝道，故授之业；闵损字子骞。孔子曰："孝哉闵子骞，人不间于其父母昆弟之言。"此言曾、闵之孝行。

② 纪群情：言缔交于父子之间，累世之交。《三国志·陈群传》："鲁国孔融高才倨傲，年在纪、群之间，先与纪友，后与群交。"按，陈纪为陈群之父。

罗母熊太夫人

太夫人为顺循学使正钧[1]之母。顺循官山东提学，鄙厌新学，其不徇时尚可知。国变后，有大力者以书招之，高卧不出，盖志节之士也。母寿至八十乃终，顺循年亦六十矣。

儒臣官伏郑之乡[2]，后二千年，登岳长谣，继踵[3]大师传绝学；

贤母得轼滂为子[4]，寿八十岁，凌云一笑，慰心晚节抗前修[5]。

注释

① 顺循学使正钧：即罗正钧（1855—1919），字顺循，号劬庵，晚号石潭山农，湘潭县乌石人，清光绪十一年（1885）举人。历官保宁知府、山东提学使，任内创建山东省图书馆。返湘后曾任湖南学务处提调。慕王夫之其人，镌一印曰“船山私淑弟子”，有《船山师友记》《左文襄公年谱》《劬庵文稿》等大量著作。

② 伏郑之乡：言官山东提学。伏，《后汉书·伏湛传》：“父

理，为当世名儒，以诗授成帝，为高密太傅，另自名学。”郑，《后汉书·郑玄传》：“国相孔融深敬于玄，屣履造门，告高密县为玄特立一乡。”今郑君乡宜曰“郑公乡”。

③ 继踵：接踵，前后相接。闻一多《冬夜评论一》：“他们喊道：‘诗坛空气太沉寂了！’于是《冬夜》《草儿》《湖畔》《蕙的风》《雪朝》继踵而出。”

④ 轼滂为子：《宋史·苏轼传》记载，苏轼字子瞻，眉州县山人。生十年，父洵游学四方，母程氏亲授以书，闻古今成败，辄能语其要。程氏读东汉范滂传，慨然太息，轼请曰：“轼若为滂，母许之否乎？”程氏曰：“汝能为滂，吾顾不能为滂母邪？”

⑤ 前修：犹前贤。《楚辞·离骚》：“謇吾法夫前脩兮，非世俗之所服。”

又一联 代匡策吾作

长君为湘上琳琅，自宦游青岱[1]归来，倦卧东山[2]人已老；

寿母爱谷中兰菊（其母不乐城居），能留住白云[3]不出，仰望北堂天更高[4]。

注释

① 青岱：即泰山，言官山东。《书经·禹贡》：“海岱惟青州。”

② 倦卧东山：即晋朝谢安，因高卧东山，世称谢东山。

③ 白云：谓亲舍，比喻思亲。

④ 北堂：母之所在也，《诗经·卫风》：“焉得萱草，言树之背。”背，北堂也。北堂者母之所在也。萱草又名忘忧，俗谓母曰“萱堂”。

龚吉生太守承照

君历主善堂，晚得目疾。国变后，犹束发垂项后，杜门不出，遂与世绝。生平无他嗜好，惟手植盆花，护惜周至。性好洁，熏衣拭几，日发为常。年七十，以乙卯上元后三日下世。

屏除公事，即痛沧桑[①]，闭门谢客世情捐，君国不心灰，冲冠怒发三千丈；

候问沉疴，遽悲朝菌[②]，罢酒收灯春梦醒，园林皆手泽，扫榻熏香七十年。

注释

① 沧桑：即“沧海桑田”喻世事之多变。葛洪《神仙传》记载，麻姑自云：“接待以来，已见东海三为桑田。”

② 朝菌：菌类植物，比喻生命极短。《庄子・逍遥游》：“朝菌不知晦朔。”

朱母陈太夫人

雨田翁之簉[①]也，所生子皆至大官。曾侍其夫游金焦、西湖诸名胜。不茹素持斋，尤以入庙烧香为戒，亦女中之矫矫者。摄女君数十年，膺一品封典，赐“乐善好施”匾额。

佞佛女流多，独闻嘉偶游山，过韬光灵隐禅林，不荐迦维香积饭[②]；

旌门天语重，既许甘泉画像，将家庆团栾人物，并入朱陈村景图[③]。

注释

① 雨田翁之簉：即朱昌琳之妾陈氏。

② 迦维香积饭：迦维，古天竺国名，为释迦牟尼佛祖出生地；香积饭，僧寺的饮食。王维《胡居士卧病遗米因赠诗》：“既饱香积饭，不醉声闻酒。”

③ 朱陈村景图：白居易《朱陈村》：“徐州古丰县，有村曰朱陈。”一村两姓，世世为婚姻。

胡澹明庚原茂才

澹明为笏珊齐年友之子，为诸生，善谈论。在外病归，年余不起。乃翁年已七十有五，仅此一子，情何以堪。

贫病士之常，闻从湖海遄归，纵谈犹有元龙[①]气；

趋庭[②]人不见，自古圣贤有死，宽怀权作伯鱼看。

注释

① 元龙：《三国志·志·陈登传》："许汜与刘备并在荆州牧刘表坐，表与备共论天下人，汜曰：'陈元龙（登）湖海之士，豪气不除。'"指桀骜不羁之士。

② 趋庭：《论语·季氏》："〔孔子〕尝独立，鲤趋而过庭。曰：'学诗乎?'对曰：'未也。''不学诗，无以言。'鲤退而学诗。他日，又独立，鲤趋而过庭。曰：'学礼乎?'对曰：'未也。''不学礼，无以立。'鲤退而学礼。"后因以"趋庭"谓子承父教。鲤，孔子之子伯鱼，先孔子死。

匡嫂林夫人

柬吾之室也，抚弟之子为子，其后第二姬妾又生四子。第一姬亡，而夫人继之。

远道宦游违伉俪，及归来乐共隐居，况克家适嗣仁贤，索得嬴三[①]，尤其如愿；

夜台[②]迎候有姬人，在逝者不愁孤寂，独念我老年兄弟，悼亡再至，何以为情。

注释

① 嬴三：谓一索得男，还多三个。此即第二姬妾所生四子。

② 夜台：谓坟墓。陆机《挽歌诗》："按辔遵长薄，送子长夜台。"

蔡连生

贫病可怜伤，徒窥几种丛书，反成就终身兀傲；

来生应醒悟，别历一番世界，好消磨满腹牢骚。

曹谷孙廷鲕太守

衰年肝旺，治命心危，佳境反多愁，曾经鲍叔分金①，欲赠韦弦②酬友谊；

宦味既甘，乡评亦美，毕生可无憾，况复苏环有子③，能守田园读父书。

注释

① 鲍叔分金：《史记·管晏列传》记载，管仲曰：“吾始困时，尝与鲍叔贾，分财利多自与，鲍叔不以我为贪，知我贫也。”

② 韦弦：《韩非子·观行》：“西门豹之性急，故佩韦以自缓；董安于之性缓，故佩弦以自急。故以有余补不足，以长续短之谓明主。”后因以“韦弦”比喻外界的启迪和教益。用以警戒、规劝。

③ 苏环有子：《唐语林·识鉴》记载，中宗尝召宰相苏环、李峤子进见，二子同年，上曰：“尔宜记所通书言之。”环子颋应曰：“木从绳则正，后以谏则圣。”峤子亡其名，亦进曰：“斮朝涉之胫，剖贤人之心。”上曰：“苏环有子，李峤无儿。”

李雨人嘉澍诸生

雨人为桐生老友之子，年六十有九，继曹谷孙而卒。

深情款款纪群交[①]，聚处卅年，知子平生能自重；

暮气奄奄蜍志老[②]，又弱一个[③]，留余后死独何堪。

注释

① 纪群交：言缔交于父子之间。《三国志·陈群传》："鲁国孔融高才倨傲，年在纪、群之间，先与纪友，后与群交。"

② 蜍志老：《世说新语·品藻》记载，庾道季云："廉颇、蔺相如虽千载上死人，凛凛恒有生气；曹蜍、李志虽见在，厌厌如九泉下人。"

③ 又弱一个：谓又丧失一个。《左传·昭公三年》："二惠竞爽犹可，又弱一个焉，姜其危哉！"

王湘绮侍讲

文章不能与气数相争，时际末流[①]，大名高寿皆为累[②]；

人物总看轻唐宋以下[③]，学成别派，霸才雄笔固无伦。

注释

① 时际末流：《史记·游侠列传》："此皆学士所谓有道仁人也，犹然遭此灾，况以中才而涉乱世之末流乎?"

② 大名高寿皆为累：王闿运于光绪三十三年（1907）授翰院检讨，复加侍讲衔。入民国后任国史馆馆长，兼任参议院三政。朱德裳《三十年见闻录》写道："湘绮先生，学问文章本为中国泰斗，年至八十三，而为国史馆长一出，一时海上遗老，冷嘲热笑，载在报纸者时有所闻。"由此可见，大名高寿实为赘累。时有叶德辉挽王湘绮联："先生本自有千古；后死微嫌迟五年"，亦寓意大名高寿之累也。

③ 人物总看轻唐宋以下：王湘绮论诗宗法八代，下及盛唐，自谓不作唐以后诗。在《论诗法》中，他主张学诗当遍观古人之诗，盛唐以后之诗不可读，今人之诗尤不可观。由于他崇古非今，墨守古法，在清末遂成为复古派的中坚人物。

再挽一联尽以私情

义兼师友必推君，何来纸上浮言，一笔扫除惟隐痛；
死尽辈流行及我，忍负病中垂问，九原会合再交欢。

紫谷道人

名利早灰心，四十年风雨琴樽，也付邯郸道中梦[①]；

仙人定招手，八百里洞庭云水，同醉岳阳楼[②]上春。

注释

① 邯郸道中梦：即黄粱梦。

② 同醉岳阳楼：吕洞宾《绝句》："三醉岳阳人不识，朗吟飞过洞庭湖。"后人在岳阳楼侧建"三醉亭"以吕诗句而得名。

和笙老人

君姓李，辛亥八月之变，从张彪营中逃归，遂弃子衿[1]改道人装，安命忘贫，一遗老也。

因人作远游，于诗癖外喜作倚声[2]，将江南烟花云水尽收入月管风箫，倦仍枯坐空诸有；

中年颇好道，自国变后换披羽服，举世上狐媚枭雄都看作蛇神牛鬼，狂到无情不可非。（君有“无情便许狂”之句）

注释

① 子衿：古时学子所着衣服。《诗经·郑风》：“青青子衿，悠悠我心……青青子佩，悠悠我思。”

② 倚声：谓填词。凡填词多依前人词调，而词调是依歌声的节奏而作的，故称倚声。《新唐书·刘禹锡传》：“每词，歌竹枝鼓吹裴回，……乃倚其声，作竹枝词十余篇。”

元和陆文端公润庠[1]

文端于国变后，为今上师傅五年。恐项城[2]大欲竟成，无复恢复之望，泣涕数日，郁郁以终。与陆君实朝衣尽湿，同一可敬可悲也。

古今几忠孝状元[3]，死易托孤难，心事略同文少保[4]；

出入有衣裳涕泪，国亡留道在，口讲犹闻陆秀夫[5]。

注释

① 陆文端公润庠：陆润庠（1841—1915），清末大臣。字凤石。江苏人。同治状元，授修撰。1910年任东阁大学士、弼德院院长。后充毓庆官授读兼顾问大臣，为溥仪师傅。辛亥革命后，辞授读差，但仍照料毓庆官，后授太保。1915年病死。赠太傅，谥文端。

② 项城：即袁世凯，河南项城人，世称“袁项城”。

③ 忠孝状元：此言文天祥，年二十举进士，帝亲拔为第一。又陆润庠是同治十三年（1874）一甲一名进士，授修撰。

④ 文少保：《宋史·文天祥传》记载，文天祥字宋端，又字

履善，吉之吉水人也。祥兴元年（1278）加天祥少保。抗元兵败后入涯山，张洪范曰："国亡，丞相忠孝尽矣……"

⑤陆秀夫：《宋江史·忠义传》记载，陆秀夫字君实，楚州盐城人。每时节朝会，秀夫俨然正笏立，如治朝，或时在行中，凄然泣下，以朝衣拭泪，衣尽浥，左右无不悲动者。此引典兼切亡者姓。

许楚钦[1] 八十老人乃玉

老人即济舟翁之子，喜读易，善卜筮[2]。三子皆通经术[3]，孙十人，家法谦谨，为潭城第一清门。

有田园足衣食，有诗礼传子孙。读易识存亡，如谢叠山[4]末路沧桑，犹得免桥亭卖卜；

以廉正饬躬行，以谦谨垂家法。杖乡[5]尊齿德[6]，是鹿太公[7]一流人物，而不借豪侠成名。

注释

① 许楚钦：许乃玉（1837—1917），字楚钦，一字宝善，湘潭人。湘潭颜家坝许氏族人，从商，善易、工医。生有三子：铭鼎、铭彝、铭常，即《绮霞江馆联语》的编印者。其次子许铭彝（1865—1942），字笃斋，曾从王闿运、吴熙学。清光绪民国间曾于长沙设谦善书局。杨钧《草堂之灵》称：“吾邑许笃斋，湘绮弟子也。治《三礼》有年，心思细刻，容止端正，俨然经师。湘绮笺启中所谓许生者，即此人也。”许楚钦逝世后，许铭彝为其父编过《许乃玉挽联》一卷。

② 卜筮：古时占卜，用龟甲称卜，用蓍草称筮，合称卜筮。《诗经·卫风》："尔卜尔筮，体无咎言。"

③ 三子皆通经术：指校刊《绮霞江馆联语再续存》之吴熙弟子铭鼎、许铭彝、铭常三兄弟，住湘潭城内。

④ 谢叠山：《宋史·谢枋得传》记载，谢枋得字君直，号叠山，信州戈阳人也。卖卜建阳市中，有来卜者，惟取米屦而已，委以钱，率谢不取。世称叠山先生。

⑤ 杖乡：《礼记·王制》："六十杖于乡。"谓六十岁可拄杖行于乡里。南朝梁沈约《让仆射表》："养老杖乡，抑推前典。"后作为六十岁的代称。

⑥ 齿德：《孟子·公孙丑下》："天下有达尊三：爵一，齿一，德一。"后用"齿德"指年龄与德行。宋魏了翁《古今考》："满千钱者升之堂上，不则退之堂下，惟商财贿，毋问齿德。"

⑦ 鹿太公：《明史·鹿善继传》记载，鹿善继字伯顺，定兴人。父正，苦节自砺。县令某欲见之，方粪田，投锸而往。急人之难，倾其家不惜，远近称"鹿太公"。

欧阳伯元述[1] 观察七十生辰

时在甲寅二月十二日。比年重阳，在曼楼登高，君小余四岁，其健远胜于余。

贱子祝千秋，九日登高赢我健；
生辰逢二月，百花含笑让君先。

注释

① 欧阳伯元述：欧阳述（1869—1910），字伯元，号曼卿。湘潭县锦石人，欧阳兆熊孙，欧阳勋子。官江苏候补道。工篆书，有临《三坟记》石刻，左宗棠、王闿运为之跋。有《曼庵诗稿》等著作存世。

又一联 代余价藩作

余，四川人。

骑得南飞倦鹤返自扬州，看点缀名园，借二分明月，助二分春色；

寿以西极灵桃来从蜀道，请封殖[①]此树，结三千年实，开三千年花。

注释

① 封殖：培植，栽培。给花木根部培土叫封。也叫“封植”。

萧筱泉观察绍渠七十双寿

平生惟我最相知，薄于奉己，厚以待人，行所心安，只率本真无矫饰；

内助得贤洵[①]可乐，七子多材，八孙早慧，同兹眉寿[②]，肯将偕隐[③]易浮荣。

注释

① 洵：实在；确实。

② 眉寿：《诗经·豳风》："为此春酒，以介眉寿。"旧说眉长是年高的寿征，故曰"眉寿"。

③ 偕隐：一起隐居。《左传·僖公二十四年》："其母曰：'能如是乎？与女偕隐。'"后代诗文中"偕隐"一语，是用东汉鲍宣桓少君夫妇同归乡里的典故。

翁述唐观察寿钱七十双寿

画堂[①]箫鼓[②]不闻声，固耽静厌喧，亦由轸念[③]时艰，何心宴乐[④]；

纸阁芦帘与偕隐，更象贤[⑤]绳武[⑥]，都识承欢[⑦]养志，无事纷华[⑧]。

注释

① 画堂：指有画饰的厅堂。《文苑英华》："回池泻飞栋，浓云垂画堂。"

② 箫鼓：箫与鼓。汉武帝《秋风辞》："箫鼓鸣兮发棹歌，欢乐极兮哀情多。"

③ 轸（zhěn）念：悲痛地思念。沈约《郊居赋》："思幽人而轸念，望东皋而长想。"

④ 宴乐：安乐。《易经·需》："君子以饮食宴乐。"

⑤ 象贤：谓能效法先人的贤德。《书·微子之命》："殷王元子，惟稽古崇德象贤。"

⑥ 绳武：继承祖先。《诗经·大雅》："昭慈来许，绳其祖武。"

⑦ 承欢：迎合人意，博取欢心。《楚辞·九章》："外承欢之汋汋兮，谌荏弱而难持。"

⑧ 纷华：繁华盛丽。《汉书·货殖传序》："虽见奇丽纷华，非其所习，辟犹戎翟之与于越，不相入矣。"

屈子祠

痛饮读离骚，放开今古才人胆；

狂歌吊湘水，照见江潭渔父[1]心。

注释

① 渔父：《楚辞·渔父》记载，原既放，游于江潭，行吟泽畔，颜色憔悴，形容枯槁。……渔父见而问之曰："子非三闾大夫与！何故至于斯?"……屈原曰："举世皆浊我独清，众人皆醉我独醒，是以见放。"……渔父莞尔而笑，鼓枻而去，乃歌曰："沧浪之水清兮，可以濯吾缨；沧浪之水浊兮，可以濯吾足。"遂去，不复与言。

湘潭屈子祠 代陈培新作

祠为水师所建。

风雨诵离骚，香火升龛荐芳草；
水军喧竞渡，楼船载酒酹先生。

岳庙客堂联 为南岳主持僧作

松径绕灵宫，扫开九面云烟，何时得谒昌黎伯[①]；

芋香证禅味，领取十年宰相，今日谁为李邺侯[②]。

注释

① 昌黎伯：指韩愈（768—824），字退之，唐河阳人。通六经百家之学，崇儒辟佛老，文章自成一家，为后世治古文者所取法。官至吏部侍郎。祖先世居昌黎，因此自称为昌黎韩愈。卒谥文，宋代元丰年间被追封为昌黎伯，世称之“韩昌黎”。门人编次其诗文为《昌黎先生集》。韩愈《谒衡岳庙遂宿岳寺题门楼》诗：“我来正逢秋雨节，阴气晦昧无清风。潜心默祷若有应，岂非正直能感通。须臾静扫众峰出，仰见突兀撑青空。”苏东坡《潮州韩文公庙碑》：“故公之精诚，能开衡山之云。”

② 李邺侯：《邺侯家传》记载，李泌在衡岳，有僧明瓒，号懒残。泌察其非凡之人也，中夜往谒焉。懒残命坐，发火煨芋以啗之曰：“勿多言，领取十年宰相。”

皆不忍堂楹联

是可忍也，必其人为木石心肠，秦越肥瘠[①]；

登斯堂者，当到处免孤寒失所，漂没无归。

注释

① 秦越肥瘠：春秋秦越两国，一在西北，一在东南，相去甚远。故言疏远者曰“秦越”。韩愈《争臣论》：“视政之得失，若越人视秦人之肥瘠，忽焉不加喜戚于其心。”

曹氏星辅公祠 代曹谷孙作

勃兴门户有由来，念先人嘉言懿行①，悉数难终②，试综括生平，要不外孝友传家，俭勤务本；

仰视几筵如在上，愿后嗣食德服畴③，缵承④弗替，即宏图大起，亦无忘肇基忠厚，创业艰难。

注释

① 嘉言懿行：善、美。有教育意义的好言语和好行为。《尚书·大禹谟》：“嘉言罔攸伏，野无遗贤，万邦贤宁。”宋朝朱熹《朱子全书·学五》：“见人嘉言善行，则敬慕而记录之。”

② 悉数难终：《礼记·儒行》：“遽数之不能终其物，悉数之乃留，更仆未可终也。”谓未可尽述。

③ 食德服畴：食德，享受先人余荫。《易经·讼》：“食旧德，从上吉也。”服畴，务农于先人种过的田畴。

④ 缵（zuǎn）承：此谓继承农业。《诗经·鲁颂》：“有稷有黍，有稻有秬。奄有下土，缵禹之绪。”

又一联

哲嗣有古人风，高言意气[①]，轻视钱刀，大雅亦多才[②]，规模悉禀趋庭[③]训；

盛德必百世祀，昔日寓公[④]，他年别子[⑤]，先民[⑥]不忘本，精灵应爱望衡楼[⑦]。

注释

① 意气：情谊，恩义。汉朝司马迁《报任少卿书》："曩者辱赐书，教以慎于接物，推贤进士为务，意气勤勤恳恳。"《玉台新咏·皑如山上雪》："男儿重意气，何用钱刀为。"

② 大雅亦多才：称德高而有大才的人。《汉书·景十三王传》："赞曰：'……夫唯大雅，卓尔不群；河间献王近之矣。'"

③ 趋庭：《讼语·季氏》："孔子常独立，鲤趋而过庭。曰：学诗乎?"鲤，孔子之子伯鱼也。后人因称子承父训之所为鲤庭。

④ 寓公：谓寄居他乡官吏身份的人。《礼记·郊特牲》："诸侯不臣寓公，故古者寓公不继世。"

⑤ 别子：即庶子。古代宗法制度称诸侯嫡长子以外之子为"别子"。以分别嫡庶的统系，维护宗法制度。《礼记·大传》：

“别子为祖，继别为宗。”

⑥ 先民：先民，古代贤人。古昔之民，以其言传于后世，为人所效习。《诗经·大雅》：“先民有言，询于刍荛。”刍荛，割草打柴的人。

⑦ 望衡楼：即望衡亭，在湘潭窑湾。

平江喻氏墓门联

平江喻式泉茂才凯陶葬其祖父母、父母于黄阳山，山峙汨水中流。

白屋近洞庭君扃[①]，百年衡泌[②]，桥梓同心，前修悉数仆难终，并闻礼法郝钟，贤姑妇以偕隐得成内助；

黄阳是汨水主峰[③]，两代山邱，松楸连理，此地孕灵人自杰，已见衙官屈宋，有子孙本忠孝发为文章。

注释

① 扃：通“扃”。

② 衡泌（mì）：谓隐居之地。语本《诗·陈风·衡门》：“衡门之下，可以栖迟，泌之洋洋，可以乐饥。”朱熹集传：“此隐居自乐而无求者之词。言衡门虽浅陋，然亦可以游息；泌水虽不可饱，然亦可以玩乐而忘饥也。”

③ 原书为“黄阳汨是水主峰”。误，应为“黄阳是汨水主峰”。汨水，即汨罗江。

彭母黄太淑人墓联

次英之祖妣也。

展墓酹杯棬[①]，早岁含饴思大母；
授经隔丝竹，故家传砚重文孙[②]。

注释

① 杯棬（quān）：亦作“杯圈”。一种木质的饮器。《孟子·告子上》：“性，犹杞柳也；义，犹杯棬也。以人性为仁义，犹以杞柳为杯棬。”

② 文孙：指周文王之孙。《书·立政》：“继自今文子文孙。”孔传：“文子文孙，文王之子孙。”后泛用为对他人之孙的美称。清朝潘祖荫《〈炳烛编〉序》：“赖有文孙间关危难，保此遗书。”清朝赵翼《题肃本淳化帖》诗：“文孙雅意惠来学，妙选宾友相切磋。”

梁辟园焕奎[1]大令之母墓华表联

墓与其夫冢两山相对，其青郊别墅中，有“橘瑞堂”，以五橘应五子。

环珮响天风，精灵不化望夫石；
杯棬酹坟土，孺慕依然怀橘心。

注释

① 梁辟园焕奎：梁焕奎（1868—1930），字璧垣，号青郊居士。湘潭人，光绪举人。1903 年任湖南留学生监督，亲率杨昌济、陈天华、刘揆一、朱德裳等湘人学子东渡日本。后任湖南矿务总局提调。1903 年冬，创办湖南高等实业学堂，任学堂监督（校长），1904 年与湘中名流筹集巨款创建全国第一所省级公共图书馆——湖南图书馆。1908 年在长沙成立华昌炼锑公司，任董事长，所出纯锑质量超过英国，对我国锑矿业的发展贡献甚大。1921 年破产，后长期寓居上海。著有《青郊六十自定稿》《青郊诗存》等。

倚枫书屋

余所居碧稼塘田庄，有枫树一株，百年前物也。因树为屋，新筑三间，为避暑计，老枫正临窗下，启窗则先大父母、先父母坟茔皆见其处。自咸丰戊午至同治癸酉，此十六年余居是庄中。后迁入城，至宣统辛亥复来居，年已逾七十矣。对门一茅屋，则佃客所居也。

别墅若墓庐，恋我先人，仍共故山风雨；
对门亦田舍，笑余衰老，犹堆满屋图书。

又竹屋门联

浓云过树春如拥；
修竹遮门月欲归。

又田舍门联

屋筑三间，长树岁寒三友；

租收百亩，已经德食[①]百年。

注释

① 德食：食德，享受到先人的德泽。

附　录

自挽[①]

平生惟有挽联多，想吴季子[②]论定盖棺，当有几幅佳章，送来寓目；

此世已经穷饿死，非赵元帅[③]亲自画押，许我百万财产，誓不投胎。

注释

① 此联在吴熙三本联集中无，但流传极广。尚有以下版本：

平生惟作挽词多，试看吴道子临到盖棺，能有几十幅佳章，送来悦目；

今世已拚穷饿死，非得赵元帅亲自画押，许我数十万家产，誓不投胎。

② 吴季子：指季札（前576—前484），又称公子札、延陵季子、延州来季子、季子，《汉书》中称为吴札，春秋时吴王寿梦第四子，封于延陵，传为避王位“弃其室而耕”常州天宁焦溪的舜过山下。季札不仅品德高尚，而且是具有远见卓识的政治家和外交家。广交当世贤士，对提高华夏文化作出了贡献。葬于上湖（今江阴申港），传说碑铭“呜呼有吴延陵公子之墓”十个古篆是孔子所书。

③ 赵元帅：神名。指赵公明，民间奉为财神。

挽杨潋腴[1]

负元龙豪气，子固[2]奇才，行路数万里，下笔数千言，傲骨依然，海上归来曾一见；

忆建业[3]论交，长沙对酒，出门必共车，入室必同席，知心何往，灵前哭奠摧五衷。

注释

① 此联在吴熙三本联集中无，录于《名人名家联集》，署为吴熙挽。

② 子固：即曾巩，字子固，世称“南丰先生”。在学术思想和文学事业上贡献卓越。

③ 建业：三国吴的都城建业，即今江苏南京。

《湘潭会馆题名录》序

自制科设而后题名之法兴，李唐以降历有记载。前明太学题名碑林立，至今完好甚少缺落者。我朝文教昌明，科目得人极盛，京师为人文荟萃之地，各省郡邑多有会馆，例于听事题名。而吾潭隶长沙最为壮县，康雍以来科名甲于列城。邑旧有会馆，陈恪勤公暨诸先辈之所经营也，馆中扁署高揭姓名，鳞次栉比，旁近诸郡之大且弗逮焉。仰观者靡不啧啧惊羡，侈为嘉话，顾字迹岁久漫患，李翰屏舍人惧其更久而缺佚也，爰搜讨旧志，逐加参校，起明洪武讫今光绪，凡中式春秋闱及举特科明经者，分类编辑，旁注详明，而恩赐及武科与文武仕宦诸人皆备列焉。都为一集，取以备一邑之掌故，其用力可谓勤矣。今夏镂板京师，寻毁于燹。秋初，舍人南归，与邑宾兴司事复谋重刊，因索余文叙其颠末。余谓征文考献，所以激发人之志气者也，手是编者一展卷而数百年名臣、循吏、忠义、文翰宛状，若謦欬之交接于几席间，则毋谓科目不足以得人而人之足为科目重者。伐柯之则，近在是矣。徒曰广方闻、资谈助，讵足以副编录之盛心哉。光绪庚子邑人吴熙记。

注释

《湘潭会馆题名录》二卷，湘潭人李镇藩辑。收录北京湘潭会馆明洪武至清光绪间湘潭籍进士举人拔贡，以及为京官者名录，附募建会馆引、会馆基址地界记、公议条规等。清光绪三十年（1904）刻本。湖南图书馆有藏。

铃说四首示昭潭书院诸生

（一）

时髦多隽才，词赋有同嗜。读经惟恐卧，天羹淡无味。弱龄耽朴学，聪明乃出世。木实既滋培，枝叶不劳溉。尼山善诱人，诗礼三致意。后来毛郑兴，传注存古义。大哉通德门，三理诸儒冠。作注如作经，字字洪炉锻。丧祭尤精详，后儒凭论断。学者揽其余，经术思过半。群经情殊味，实与礼一贯。中材精力微，慎毋骛泛滥。春秋择公谷，尚书先贡范。易道最闳通，旁门衍离坎。后人注者多，鲰生则岂敢！

（二）

读书不识字，何由通训诂？训诂且不明，说经无乃瞽。纷纷较长编，六艺此渊府。我皇尊大师，美报隆两庑。振起士林风，驱之使嗜古。乾嘉诸乃翁，殷勤善钻取。许书乃菑畬，子孙受诸祖。年年获且耕，犹有未垦土。曾邹学识高，转注立专部。沉霾千百年，暗室来一炷。假借字之用，戴段详剖别。岂知造字初，义例出仓颉。略举寡与咸，其他可了彻。吾则称六书，其一无乃缺。鄙人搠此论，自谓颇不拙。六经逸字多，不应遗采掇。传写脱形声，窜乱贸解说。葫芦无真本，安得觿觿结。金坛固精凿，臆断亦专辄。祭酒不复生，掩卷每愁绝。要当作诤臣，古人亦心折。

（三）

治礼首宫室，读史先地舆。地舆不通晓，妙处终茫如。史家有书志，问津此共途。兵弄河漕盐，囊括大用储。扬雄吕僭妄，未敢拟春秋。紫阳勇自信，涑水书原优。一朝数大事，首尾具本末。提要则钩玄，条缕盍先撮。史学有精华，论人徒浅术。事后易讥评，胡为轻奋笔。况乎据列传，列传多不实。

（四）

宋人好高论，文章不苟作。幽闺信贞洁，恒干实纤弱。问其所以然，萧选束高阁。唐贤精选理，气势遂磅礴。八家有雄师，为伍胡与哙。长揖对柳州，昌黎当一拜。为商所读书，请划唐为界。愈古格愈高，周秦导流派。两屈管荀韩，一一通沆瀣。两京及六朝，美炙皆可嘬。气味哜匡刘，才艳猎徐庾凤神外流宕，骨力中苍古。凤凰不常鸣，幽鸟时一语。洋洋三百篇，劳者言其苦。贫士坎壈缠，所郁不得吐。倘非宣以诗，愁忧骨已腐。苦吟得佳句，快若沉疴愈。乃知九转丹，即在四声谱。

小山山房记一首

小山山房，先大父故宅也，在县城东洗脚桥桥侧一巷，出巷口即望见之。宅后一山，矗竹百余挺，老树数株，一二人不能抱，有高槐尤苍古。夏夜常出火，有僧钉之，乃不复火，盖数百年物也。环宅皆田，间以池沼，前后见城郭，江帆日过其门。门内桂树三，紫荆亦三，先君子昆季三人先大发种此以寓意。左右有园，多嘉花珍果，皆先大父自移归者。道光甲午，屋圮于水，压损其半，余不及见者多矣。屋之西偏有船篷书屋，其屋脊隆而平，痛？其旁际，如船篷形。牖以颇黎三面，一临池水，一影园花，而小山垂立其后。先大父倦游娱老啸傲其间，以寓江湖之思焉。

先大父之卒乜，余甫三岁，声音笑貌渺不省记。然忆童时好饮芭蕉露。玉兰花落，母辄煎之调饴以啖余，尝语余曰，此二物汝祖所亲植也。余闻之茫然若有失，则曰徙倚其下。家人不知何故也，母曰，是儿殆有心人。

咸丰癸丑，先君子殉难安仁，明年避寇村居，宅旋售之他姓。同治癸酉复徙居城，距此宅仅百余武。徘徊其地，居人门巷都异曩时。池畔旧有垂椰一株，余尝钓其下，今不复见，盖距居此时已二十年矣。屡欲赎归而价昂不能得，过其处未尝不欷歔欲涕也。或宽余曰，人家产业有数传而克保者，且九州非一姓矣，子何独介介然于是？余曰：不然，家之有田庐，犹国之有土地。受自先人而不可尺寸失也。念祖宗创立门户，一木一石，皆其精神嗜好之所存，岂不欲子孙世守之？而无如后之人不及见其缔造之艰，遂亦不甚爱惜也。信如君言，则是诸葛君之大出山，文信国之泣零丁洋，史阁部之督师淮扬，卧不解甲，其力图恢复中原者，皆徒为自苦而得以不达之矣。乌可哉？乌可哉！是宅也，吾终能赎与否，事未可知，后之人有力能为者幸速为之，毋使久淹于他姓也。

注释

此文录自《花石吴氏六修族谱·艺文》，为存史，辑于此。

兼祧子于兼祧父母死题主称谓议一首

曩岁邑中徐丈实诠卒，以兄子之甲兼祧，讣不能称显考，宜何称，请于长沙丁丈果臣。丁丈定称祧考，遂从之。当时已私籍议其不安，然丁丈高年宿学无以难也。越二十年予友郭君午谷卒，以弟子某兼祧其家，以题主商之予，予乃定称伯考。夫祧考之所以不安者，何也？《仪礼》单言庙者皆祢庙，非祢庙则曰庙祧。《左传》宗祧庿祧，皆斥祖庙，言兼祧之例一开，必有不与本生同父者，故曰兼祧，谓兼主其祖庙之祭，以祖包父也称祧考，则与祖考混，古者可称父，父不可称祖，其不安者一。《祭法》远庙为祧，有二祧，天子制也；诸侯以下皆无祧庙。今日祧考似为古王者祧庙补一尊称，施之于古既不经，用之于今更非分；且祧者超也，父何可超？其不安者二。其定称伯考者何也？古人于伯父、叔父原与父并尊，不甚相远。然生曰父，死曰考，殳之昆弟虽以父称，而死无称考者，不主其祭故也。今兼祧子既主其丧祭矣，称以伯考则是显其考之之实，仍不没其伯之之名。既加隆于世父，又差降于本生，名虽不经，礼缘义起，或亦博通礼学者所不非也。或曰伯考之称信安于祧考矣，第伯冢，適［嫡］也，今以小宗兼祧，小宗均非伯矣，假称为伯，毋乃混乎？

曰：礼穷则同，不嫌于混也；且伯之前有伯，父之而已，岂亦考之耶？庸何伤？或曰：古称世父、叔父，兹何为不世之也？曰不敢也。世父者，世为继嗣之称，即大宗也；既非大宗，何敢称世？《冠礼》曰：伯某甫，仲叔季，惟其所当。郑君云：伯仲叔季，长幼之称，盖略同今人排行一二三四，达適并称伯，故伯可假矣。予敢从而定之曰：兼祧子于本生父母没，则称曰显考、显妣；于兼祧父母没，则称曰伯考、伯妣、叔考、叔妣。或曰：以小宗兼祧大宗，于本生父死称显考，否乎？曰：必称显考。何也？《祭法》所谓显考在王考、皇考之上，非父也。《曲礼》父曰皇考，今皇字既断不敢用，则沿俗称以显考，由来已久，名号之极尊者也。兼祧之制前代未有，乃我朝以仁孝治天下之意，不忍人之无后，不得已为此变通之法。其事与为人后异，为人后其本生父尚有他子也，兼祧者其本生父或无他子也，徒以推崇大宗之故，夺其本生显考之称，使本生父有子如无子，于理安乎？且古之大宗为大夫家而设，奉承别子系缀族人，虽大夫亦为服齐衰三月，至隆重矣。今律虽重大宗，然所谓大宗者，士庶家皆有之，不过犹俗称长房云尔，果即古之大宗也乎？胡为震其名不核其实乎！

注释

此文录自《花石吴氏六修族谱·艺文》，为存史，辑于此。

欧阳述《曼庵诗稿》序

余与曼庵生而同里，少壮时未获相见也。壬午春，始晤于金陵节署，以闾闬思慕之人，忽邂逅旅次，其昵好也固宜。而曼庵久宦淮扬，仍未得数数见也。厥后曼庵假归，必惠顾余，辄复匆匆一面又别，夫何暇与言诗。然曼庵之工于诗则固知之稔矣。丁未春，曼庵辞盐局旋里，余亦岁暮自思贤讲舍归，同居一城，往来遂密，月必数数见，见必谈诗。余固不工诗，而曼庵谓可与言，有针芥之取焉。或遇歌吹喧沸之场，亦相对论诗，语衮衮不倦，旁听者怪咤窃哂，而曼庵以为吾两人者天下之至欢也。盖距同客金陵时已二十有七年。至是益恨得朋之晚。嗟夫，人之款诚必迟之久而后，合诗之臭味，亦必迟之久而后，诣是有宿因不可强也，而又何憾乎。今夫候虫时鸟之鸣也，鸣之极小者，耳听者厌之，与虫鸟不知也，听者悦之，与虫鸟不知也。虫鸟初何尝计及夫人之悦与厌哉，抑天机鼓荡，鸣乎其所不得不鸣而已。余之诗适有类于是。故偶有所作，不过聊以自怡，重以忧时闵俗之言，尤惧触迕时忌，故从不敢出以示人。自与曼庵赠答，于是得诗颇多，兴之所至，亦或录示故交，似有忍俊不禁之意，盖自得曼庵而余之诗胆乃壮，夫调孤则坠，音翕则张，其势然也。今曼庵乃命余序其诗，而余之胆又怯矣。曼庵雄于诗者也，每一篇出，如鸾凤之鸣，贺世、归昌、啁啾皆发，此中隐见翔集之故，疾徐亢队之宜，凤不自言而欲百鸟代为之言，庸有当乎。况曼庵之诗之妙，梅庵评之，湘绮叙之，余即有言，亦无以加焉者也。故惟叙两人曾合之由与夫晚年得友唱酬之乐，若其诗之深造，自得冥心孤往之处，虽曼庵恐亦不能自言，而余更何由窥测矣。虽然，余固不能无说焉，曼庵之居也，有园可以种树，有楼可以瞰江，其所云鱼跃鸢飞天机活泼者，固俯仰流连，无非诗趣。以趣名园，非以是与？有此四卷，足以自豪。今而后曼庵之诗多作可也，不作亦可也。笔底之诗有穷，而胸中之诗无尽。曼庵虽老矣，其神解超然，不且有得于语言文字之外者耶。至是而犹以诗人局曼庵，曼庵已摽然若秋云之远矣。知乎，此乃可与读曼庵之诗。光绪戊申七月立秋前三日愚弟吴熙谨譔。

注释

欧阳述，字伯元，号曼卿。欧阳兆熊孙，欧阳勋子。官江苏候补道。有《曼庵诗稿》四卷，李瑞清《玉梅花庵诗话》云："李沧溟谓唐无五言古而有其五古。后人每疑为苛论，余于五古独主斯说。国朝五古，余只推湘中邓、王两先生。它人诗径皆于唐而止。曼庵五古简淡似陶，皆由其胸次高旷，故出语便无凡想。余常谓以诗为诗者，是谓集诗。明七子皆有此病。若曼庵者，方可以学陶，又非袁子才辈之讲性灵者能冒也。曼庵五古《秋阴》云：及兹微阴翳，凉意森已多。积霭带平楚，轻飔动纤柯。隐秀似小谢。《日暮》一首又似韦柳，能者不可测也。七古初唐人尚铺叙，是古赋体为多。太白以骚人诗，化实为空，超逸横肆，凌云欲先。后之学者欲超则率，欲空则薄。曼庵七古直得其真处，每结语尤用意，是从古乐府来，皮相者那能知之，香玉词是，初唐格是，曼庵变体。曼庵五律极自然之致，不求警句而高逸，此非今人所能梦见也。古人律诗尚高格，今人律诗尚警句，只求知警句，好句太多，反不成诗。解此者鲜矣。七律雅秀似玉豀生。”

许翁济舟墓志铭

潭城阛阓数百家，以许氏米店为最旧。店主人翁济舟精强仁厚人也。积著数十年，畜田至数百亩，既老而贾不辍，性解直，善解纷，一二语辄中其郄窾，或代出钱以寝事，邻近有争讼，翁至，事立平，无敢居间觊利者。

咸丰四年城陷于贼，店米千余石虏掠一空，皆他人宿所寄者。翁购米各偿其主。或见谓迂拙，翁曰："物存吾家，吾固应尔也。"当城陷时，翁不屈贼，义而舍之，既又将杀其佣人二，翁曰："佣人从我不去，我生而彼死，且不瞑，必先杀我示之乃可。"贼大惊，遂皆舍之。同治初运米至汉口，汉口为江汉要津，米舟云集之地。方战事未息，时或假霆军名采米赴皖，实不名一钱，而舟去不可复返。时插旗封舟以数千计，翁舟亦在封中。翁自念束手待毙非策也，且湘军威名甚盛，道在安民，虏船且不可，至船米俱空，商民闻而裹足，其何以固楚圉而平吴乱？徘徊市中欲有所发舒，适族弟国藩自金陵军中归，过于市闻翁言，立禀关道，道语其营官曰："凡封舟商不愿者，勿强也。"营官持不可，道察其札已逾期，则大怒，即白总督，示禁封船，得保全者甚众。其后丰骗之风并绝，亦自此始。方自道署出时，闻霆军人戟指而言曰："许商能归乎！"翁觉焉，米既售星夜换舟乘风旋湘，三日而至。霆军人登其舟则已行矣，追之复后，至与陷贼之能脱险皆若有神助焉。翁有一子，谆谆督以勤俭，其子亦强干能继其业。翁素健无疾，及将卒，疾数月，语其子曰："吾生平昼之所为，及与人问答作何语，夜必于枕上计其得失，今心力耗矣，其能起乎？"噫！翁之心即昔贤计过无憾而后即安之心也。此其所以材识老而智虑周欤！

翁讳楫金，济舟字也。其生以嘉庆八年正月十日，其卒以同治十三年三月五日，即以是年某月某日葬于六都十甲船形屋场之六亩丘，坤山艮向。妻黄氏早卒，子乃玉，女一适成某，孙铭鼎、铭彝、铭常，孙女二，一适陈庆勋，一适张家迪。

铭曰：为人所难，非矫而安，以任艰，大皆所堪，而惜乎其终老于市阛，我铭其幽起长叹！

注释

此文是吴熙为许乃玉之父许楫金（1803—1874）所撰墓志铭。录于颜家坝许氏族谱，有较高的史料价值。许楫金的三个孙子许铭鼎、铭彝、铭常是吴熙的学生，也是《绮霞江馆联语》的编印者。

诰封奉直大夫竹西府君墓志铭

竹西先生考终之明年，葬有日矣。嗣君典纲、典纯以铭幽之文请。典纲与予从父昆弟之子梅为姻亲，典纯为余弟子，余故于先生习，虽不文，其乌得而辞？按状：先生姓曹氏，讳广运，字秉乾，竹西其别号也，世为湘潭人。幼失怙恃，鞠于祖母唐孺人，家贫，读书不能竟其业。年十二弃儒就买，有心计，耐劳苦，经营数十年，家以裕。先生虽无志科名而通晓文义，谈论风雅，怀铅握椠之士或不逮焉。性慈仁，慷慨重然诺，好施与。保全唐某之以贫故鬻其妻者，拔出吴氏女之沦于娼者，拾遗于途守还其主，修族谱，育婴孩，排难解纷，养老恤孤，诸善事不可枚举，乡党咸义之。自来守田园者无域外之观，游山水者乏家居之乐。先生蓄田至千余亩，继配李宜人偕老，子孙贤且能，四十时游苏杭，穷览名胜。七十初度，蹑衡山之巅，放浪山水间，疏髯古貌，见者诧为异人。少工昆曲，晚年益好之。风晨月夕与二三同志倚笛而歌，虽老矣，犹能低声按节，不差分寸。又性耽禅悦，焚香默坐，万虑澄清。盖先生任天而动，可出可处，能寂能喧，洵可谓美意延年清修积福者矣。先生生以嘉庆癸亥年十二月十四日卯时，卒以光绪庚辰年四月初十日丑时，享寿七十有八。

以卒之次年十月初八日，葬于十都一甲，丁午首、癸子趾。元配刘宜人早卒。继娶李宜人，生一女，适唐昭瓒。又继娶李宜人，生子二：即典纲、典纯；生女三：一适何月卿，一适刘汝霖、己卯举人，一适陶光炽。孙七：修永、修爵、修府、修善、修德、修巳、修政。孙女一适柳诗琛，一适吴绍铎。

爰系以铭。铭曰：

岁在辛未又壬申。客先生家课子纯。丱而侍者其文孙。先生执礼恭且勤。先生之婿刘汝霖。杂坐参语情肫肫。灯明月艳酒千巡。梅花晴雪娱生辰。笙歌达旦留高宾。今我东西南北人。燕齐吴越驰征轮。先生怛化捐凡尘。追寻此景如前生。欷歔感喟不可禁。愿祝后嗣贤且仁。蜚声艺苑腾天阍。大书此语镌贞珉。

光绪己卯科优贡朝考一等、姻愚弟吴熙敬撰。

注释

此文录自庆余堂《湘潭曹氏鼎公支谱》，为存史，辑存于此。

竹西公七十寿序

自东汉佛入中国以来，梵宇遍六合，髡缁五四民，天下光明。魁硕忠孝文章气节之士，类多精通内典者，甚至素食讽经，甘北面皈依为弟子，而儒之室则几虚无人，岂其教更胜于洙泗哉？噫，知之矣：佛之道，清净而空明，最足以涤尘烦，澹外慕；而入此者大都智慧双清之人，备历艰辛，性高旷冲夷，厌薄世故，故一闻其说，如百川东流注于海，乘轻车下峻阪，御者又駷其马而鞭之也，势也，其情也。独我竹西先生则不然。先生少贫，中年用积著起家，蓄田十余顷，举亢宗子二，皆策名仕版膺诰命，先生身为封君，年今七十，聪强若四五十许。人子若孙，循循雅饬，弦诵声彻户外。继配李宜人贤且能，相庄偕老，一家怡怡如，众事秩秩如。盖实际人生极顺之遇，而性颇好佛，或疑其非人情所近者，吾辈以为不然，且今天下亦多故矣。先生生嘉庆癸酉，是时海宇承平，物力殷富，目不睹兵革，耳不闻鼓鼙。生其间者，虽佣保之贱，亦得优游歌咏，为有道之氓。道光之季，寇孽潜滋，隶咸丰间，狂贼昌披，锋镝遍天下赤县，高门多破毁，城郭萧条，村里为墟莽，人民流徙无定所。风声鹤唳之警，无地无之。潢池之盗，亦弄兵而窃发。今天子仁圣神武，东南西北以次削平，海内晏然有更生之乐。天下之势凡三四变，而草泽英雄之崛起，故家门第之衰微，即一邑之中升沉离合悲愉之故，无不足以触于外而有感于心。故虽百岁之老，所经历有未及此二十余年者。吾辈当之且不免有脱躧浮生之意，矧阅历之深且久，如先生者虖宜虖竟以佛为归也。或曰先生之为人温然，而恭约于自奉，而施与不少悋，孔子所谓富而好礼，非耶？《易》所谓积善之家必有余庆，非耶？胡奉佛为？吾辈又以为不然。世儒诋佛者祖韩子，不知惟贤如颜子、韩子始可诋佛，而有时不诋佛之人宅心制行，初无愧为圣人之徒者，旧传有刊某经注句栉字比通以元理，先生深斥其妄，谓不得已东鲁之文，窜入西蜀之典。噫，先生之言非仅不得罪孔氏也。间尝慨夫佛之道本足以自尊，初无埘侊孔子之意，自其徒参和混一，以侈张之，而卑乃特甚，是佛之道之卑，乃尊之者卑之，非诋之者能卑之也。吾贤夫先生之不以尊佛者卑佛也。友人有言曰，儒而释可疵，释而儒可取。故儒而似释，则虽以金溪之才、白沙之孝之节、姚江之事业文章，不能不遭后人之掊击。释而可儒，则大颠文畅一浮屠耳。昌黎韩子且欲引而进之，况先生固儒行耶。不然，忠烈若颜太师，德望若富郑公，气节政事文章若苏子瞻，而皆奉佛，则又何说也？壬申十月之十九日，先生七十初度，兼为其次君合卺，管弦铿锵，戚懿咸集，善颂善祷者趾相错。吾辈则推本先生奉佛之由，与其行之不悖于儒者，质言之以书诸屏，而谀辞则不敢出焉。或曰，先生嗜放生，螺蛤鳅鳝龟之属，岁所全不下亿万计，是宜寿。吾辈尤不以为然。人灵而物顽，生物命以延巳命特庸，文夫见耳。武王曰：恭则寿。孔子曰：仁者寿。二圣人之言信，则先生之寿由此而八十、而九十且百岁，夫奚疑？先生则皇然谢曰：诸君子皆有寿，世之责者也。疮痍者平之，凋瘵者泽之。鄙人之寿不足道矣。吁，先生之不自寿，其先生之所以寿也夫！

同治十一年岁次壬申孟冬月谷旦，光绪己卯科优贡朝考一等姻愚弟吴熙顿首拜撰。

注释

此文录自庆余堂《湘潭曹氏鼎公支谱》，为存史，辑存于此。

竹西公配李宜人墓志铭

太宜人姓李氏，年十九归于曹，为吾邑竹西封翁继室。封翁以积居起家，广置田产；太宜人佐之，出其私蓄买田六十亩，纺绩所余也，其勤俭如此。封翁晚年好佛，长斋诵经，太宜人亦慕悦焉。性固庄严自敦，戒业益为，幽净梵明之声彻于庭戸，闺房静好若禅侣然。太宜人后封翁十年而卒，卒之日易服正笄，神明不乱。家人亶以为微疾而奄忽目瞑矣，岂非得力于禅理者？夙与太宜人生子二，长典纲，翰林院待诏；次典纯，同知衔。女四：长适唐昭瓒，次适何中梓，三适刘汝霖、己卯科举人，四适陶光炽。孙十人：修永、修爵、修府、修善、修德、修已、修政、修木、修制，典纲生。修禹，典纯生。太宜人生以嘉庆二十三年戊寅七月二十四日，卒以光绪十七年辛卯十一月初二日，享寿七十有四。即以是年十二月初八日，葬于三都七甲长腰冲之原，即太宜人所置田地也，丙首壬趾。典纲次女为余姪孙妇，典纯又受学于余，故其昆弟与余习也，来乞铭，是宜铭。铭曰：

是出寒门秉阴德。来嫔市隐修内职。夫业鱼盐妇蚕织。起家勤俭殊纤啬。世人佞佛佛不悦。畴于禅理粗有得。兹独闺门持戒律。磬鸣呗应若琴瑟。整敕袿裳自蠲洁。了然生死神职彻。丈夫犹难况巾帼。二子十孙环泣侧。曰胡为者此大惑。人生百年如过客。我今往生天竺国。岂不归家得安宅。神游虚空魄兆域。佳城郁郁荫松柏。甘露洒树云蒸穴。定吐莲花青白色。

光绪已卯科优贡朝考一等、姻愚弟吴熙敬撰。

注释

此文录自庆余堂《湘潭曹氏鼎公支谱》，为存史，辑存于此。

《凿石浦志》序

湘水导源海阳，折而北流，迤逦至于古之建宁，千有余里矣。名胜之区，乃得西岸凿石浦焉。云根盘于洞壑，众窍为灵；天风荡为海涛，百灵若骇。浮洲水没，春草犹萋；古寺僧孤，夜钟自警。盖昔有唐诗人杜工部晚岁经过，舣舟吟眺，江山春丽，感城都之故居；嗜缺宵沉，黯羁宦之幽思，此亦不过如驹过隙，如鸿印泥耳。然而人杰者，地犹灵；形徂者，神固在。好事者因有杜陵草堂之构焉？厥后米颠吊诡，拜奇礓而为兄；褚书绝伦，传彩笔而入梦。摩岩千仞，过客二贤，繇是游屐登临，携樽于隅，响答空灵之峡，冷雁哀猿；路通花石之泮，盘藤杂树，云何不乐。疑赓扬水之章，吾谁与归？争切浣花之垒，风骚斯振，山水方滋，然而昔人陈迹，惟兴怀于胜流；韵事雅谭，辄败意于俗物。几几乎督邮争界，镂石肖形；邻女伐桑，兴兵构怨。讼牒如雨，屡鸣入谷之驺；寓公有庐，还语留人之燕。扫葛藤之蔓，樵牧路夷；驱风波之民，鹭鸥人狎。览者快平泉之无恙，叹词客之有灵焉。今则老狂不作，俊异仍多。郭君慵叟，哀辑人文，编成地志，乞弁言而详缘始，备故实以谂方来。相与凭吊山川，流连光景，庶几爱米家之三字，人尽怀贤；留谢公之一墩，后无争者云尔。

湘潭吴熙敬撰，茶陵谭钟麟书。

注释

凿石浦位于湘潭县南七十里处（今属株洲），唐杜甫晚岁行舟宿此并留诗，其《宿凿石浦》诗云："早宿宾从劳，仲春江山丽。飘风过无时，舟楫敢不系。回塘澹暮色，日没众星嘒。缺月殊未生，青灯死分翳。穷途多俊异，乱世少恩惠。鄙夫亦放荡，草草频卒岁。斯文忧患余，圣哲垂彖系。"宋米芾书"怀杜处"三字镌岩上，后人建草堂，刻诗绘像以祀之。

《凿石浦志》六卷，郭寿谖、郭庆珪纂。本志详述其形势沿革，辑录邑志史事、古迹考略、诗文游记等。湘潭吴熙序。清光绪三十年（1904）南山书舍刻本。湖南图书馆有藏。

《只且园诗存》跋

先学录府君胆略过人，论世慷慨激昂。道光中以举人考取景山官学教习，留京师十余年，与海内士大夫交，以学识气谊为名流所推重，引见以知县用，奉先大父命呈请改教，选授耒阳教谕。遇杨大鹏之乱，衡州高太守人鉴领兵来耒，与先君商守御之策，深倚任之。未几，以忧归。归而寇遂围城，城几陷。太守益思之，曰："吴君在，危不至此。"

咸丰二年，夏观察廷樾来潭创办团练，请先君主其事。夏尝宰潭，旧所习也。先君日具衣冠舆赴总局督练团操，筹备防御。粤寇由湘东径犯长沙，守潭仅川兵六百人，二营弁恇怯欲遁，先君以大义责止之。然已知其不足恃矣。时民心惊惶，纷纷迁避，言于曹侯，昼开城门，两次听其出入，取街石运置垛口为礌具，先自撤巷路中石，以塞吝者之口，人心于是稍定。徐总督广缙驻潭，久逗留不下，长沙仓太守景愉来潭趣之下，徐意砞然，仓托先君力催，谒见三次，徐唯唯而已。末乃正言以责之曰："省城停军不战，待公为进止，公拥重兵错诸无用之地，人责公，公何以自解？公在粤负重名，今若此，望实俱陨矣。公第畏死耳。异日，天子罪公，公能自保耶？"徐不从，亦不怒也，良久乃耳语曰："昨已密发劲旅截贼去路矣。"先君乃叹是人专事欺饰，且进可邀功而留必获罪，愚畏至此，尚足与言哉。（作秋感诗云"一蝉犹噪月，万马不嘶风"为此而发也）自寇乱以来，湘粤守土官弃城逃走者，项背相望，先君深恨之曰："寇之猖獗，实由于此。能填一二人于法，何至糜烂至此乎？是年，贼若犯潭，非得劲迅援师未必能守"，则先君之以身殉城，固可知也。

四年，以办团叙劳选补巴陵教谕，先署安仁训导。至九月而有江西泰和土寇窜入之变，文武官俱已前遁，无兵无食，事无可为。知老仆荀林不足恃，以遗稿掷诸地曰："汝速持归以付吾子。"初五日，贼众蜂拥入署，大呼"妖安在？"（时贼呼官为妖）先君厉声忿骂，贼愈怒，强之跪，不跪，捶挞两股至无完肤，群拥至城外沙洲，骂不绝声，以至于死。次日，塔忠武军至，不战而贼走。舁其尸，面如生，具办棺服亲视殡殓。觅厨下老苍头出，命谨护丧，俟家人迎榇回籍，擒伪军师，剖其心，为文率众官以祭，其以惨烈情状告之湘抚骆公，忠武实有力焉。是年十月，骆公奏请从优赐恤，赠荫祭葬均得如例（事载王益吾阁学《续东华录》）。

同治九年，张御史沄复奏请建立专祠，仰邀俞允。宣统元年，又经邑绅公禀详恳，奏请入祀学宫忠义孝弟祠。天恩重叠，荣以馨香，冷宦孤忠，幸不湮没焉。

夫学官本无守土之责，不死人亦恕之，而能死则尤难。先君拚一死以致命遂志，欲以愧厉人心，激发忠愤，其志良足悲矣。然不能死于署中，而乃死于城外，其隐恨当何如也。呜呼，痛哉！正命之前一日作闻警诗一首，此绝笔也。读末二句则知其见危授命之志固已确然。遗稿四卷，兹刊存二卷，虽大节凛凛不借诗传，而手泽留贻，得以仰窥怀抱。集中如《静女吟》《烈女操》诸篇，直为自家写照，盖其从容就义，非彼一时事势迫笮不得已而捐生者，伦也。生平事迹具详《褒忠录》《湖南通志》《湘潭县志》诸书。兹谨述其崖略，以蕲扶植风教之君子采择而表彰焉。只且园者，先君晚年读书之别墅，尝云且字平上两读，一用其乐只且之文，一取卫荆居室以苟之义也。

宣统庚戌季春月，男熙谨识。

注释

此文为吴熙为其父吴棠所辑之《只且园诗存》一书后记，详述其父殉难经过，有重要史料价值。

后记

吴熙是晚清民国期间的大联家，近世论联语，无不对其推崇备至。遗憾的是，一般人很难读到他的联集全貌，只能在各种选本中零星知悉他脍炙人口的名联。除了民国年间其弟子出版过《绮霞江馆联语偶存》《绮霞江馆联语续存》《绮霞江馆联语再续存》，三种合为二卷外，再无结集。这三种联集目前只有图书馆有藏。所以，为吴熙出版联集是一件极为重要的事情。

吴熙的家乡湘潭，楹联名家、大家辈出，比他稍前的曾国藩、左宗棠，和他同时代的王闿运、杨度等，皆为一代楹联大家，流风余韵至今不衰。现在，湘潭市还是"中国楹联文化城市"，楹联创作研究十分活跃。值此大好时机，湘潭市政协文教卫体和文史委为编辑《湘潭文史第28辑》，特将《绮霞江馆联语偶存》《绮霞江馆联语续存》《绮霞江馆联语再续存》三种吴熙的联集笺注出版，也算是为楹联事业略尽绵薄之力了。除了上述三种联集外，本书还收录了吴熙几副佚联和几篇佚文，于全书体例或有不当，毕竟吴熙无全集传世，但为存史，不使斯文流失，权且附于书后。

特别要说明一点的是，湘潭楹联界前辈赵竟希先生生前也曾